JN012355

時は立ちどまらない

東日本大震災三部作

目次

キルトの家

ＮＨＫ総合テレビ　土曜ドラマスペシャル
２０１２年１月28日・２月４日放送

制作著作　ＮＨＫ
Shin企画
制作　ＮＨＫエンタープライズ（ＮＥＰ）

制作統括　近藤　晋（Shin企画）
谷口卓敬（ＮＨＫドラマ番組）
後藤高久（ＮＥＰドラマ番組）
プロデューサー　黒沢　淳
音楽　加古　隆
演出　本木一博（ＮＥＰドラマ番組）

［登場人物］

橋場勝也　山﨑　努
南レモン　杏
南　空　三浦貴大
南　大地　新井浩文
沖山志津　佐々木すみ江
下田美代　正司歌江
伊吹清子　緑　魔子
河合秀一　北村総一朗
野崎高義　上田耕一
沢田道治　織本順吉
米川淑子　余　貴美子
スナック「佐久」のママ
綾　乃　根岸季衣
桐生睦美　猫背　椿
桜井一枝　松坂慶子

[1]

●ヘリから見た東京

メインタイトル「キルトの家」

●ヘリから見た東京各所の団地

クレジット・タイトル

●駅ホーム（午後）

電車が入って来る。

●階段

電車から降りた人々が下りて来る。

●改札口

西口寄りに立って改札を見ているレモン。手に米二キロや鍋用の野菜や肉などのスーパーの袋、もう片方にホームセンターの袋に入れた鍋と魔法瓶など。ポーチも身につけていて、あ、と右手をあげかける。改札口を出て来る空。毛布二枚を丸めてしばったものに、ナップザック、くたびれたビニールバッグ。一足先に出た老人が、空が出て来たのを振りかえって「なんだ、お前は」と押す。空、よろける。人々、よけて通る。「バカヤローッ」と老人はそれだけで東口の方へ。

レモン、すぐ空に近寄り「なんなの、あいつ」と老人を見る。

空「いいよ（と西口の方へ）」

レモン「なんなの」

空「そこ（改札の中）で、これ（毛布）がぶつかったんだ」

レモン「あやまったんでしょう」

空「いちいち、あやまってらんねえよ」
レモン「なに、それ（と駅前へ）」

●西口駅前

空「（広場を横切って信号へ）」
レモン「（軽く）あやまれよ」
空「（信号で立止り）そういう時もあるだろ（と声にいら立ちと哀しみが横切る）」
レモン「（苦笑して）子ども、また」

●商店ビルなどの道

空「（団地の方へ歩く）」
レモン「どうだった仕事」
空「簡単には決まらねえよ」
レモン「手に職があるんだから」
空「職務経歴書を書いて――」
レモン「ケイ、なに？」
空「経歴だよ、仕事の経歴」
レモン「五年以上のヴェテランて書いた？」
空「履歴書にも書いて」
レモン「二つ書くんだ」
空「添え状ってのも書いて」
レモン「なに、それ」
空「よろしく、とかいう手紙もあった方がいいって」
レモン「ハローワークが？」
空「三ヶ所回って置いて来た」
レモン「これ（荷物）持って？」
空「持っていかねえよ、コインロッカー」
レモン「三百円ので入った？」
空「押し込んだよ」
レモン「あ、こっち、こっちの方が早い。昨日は大回りだったの（その方へ）」
空「（暗く続く）」

●坂道Ⓐ

レモン「やっぱり最初見た部屋よりいいよ。安いし。一年分払ったら、なんにも聞かないでキーくれた。但し、もうとりこわすから一年限定だって」
空「――（黙って歩く）」

●坂道Ⓑ

レモン「一年あれば絶対なんとかなるし、これ（とホームセンターの袋をあげ）鍋にポットに茶碗に箸、こっちは（とスーパーの袋をあげ）米、醬油、キャベツ、肉、塩、砂糖、とかとか（と立止る）」
空「（先に立止っている）」
レモン「マットレスも枕もすぐ欲しいけど、それは、あとで、二人で行けばいいと思って」
空「こんなふうじゃなくて――」
レモン「うん？」
空「戻ってちゃんと、兄ちゃんと話つけた方がいいかって――（歩き出す）」
レモン「今更なにいってるの（追う）」
空「俺たちねじくれたことしてるから、ひどい目にあったんじゃないかって――」
レモン「ひどい目にいつあった？　怪我した？　引き裂かれた？　金なくした？　仕事も絶対あるよ。戻ったらメチャクチャだろ。分ってるだろ。ムチャクチャだろ」
空「分ってるけど（と泣きそうになる）」
レモン「泣くなよ。すぐ泣くな。ここまで来て、ぐらついて、どうするんだよ（とやや大声になって、気配で気がつくと、坂の上にいる）」
団地の中である。スターハウスが何棟かあり、その前の庭に藤棚とベンチ。そこに、男女七人が、しゃがんで、なにかを燃やしていて、レモンの声で二人を見たところ。志津、美代、清子、秀一、高義、道治に一枝（一枝だけは他の人より若い）である。
レモン「（目をすぐそらし）ここだよ、もう（と空にいい）行こうよ（人目があることを分らせる声でいい、七人の方へ目礼して先へ）」
空「（ちょっと七人の方を見ただけで、レモンに続く）」
一枝「（立上り）短期入居の方ね」
レモン「あ、はい（と一礼）」
一枝「お昼前、あなたが入居したの見たの」
レモン「よろしくお願いします」
空「（目をそらしている）」
一枝「みんな、ここらの住人。仲良くやってるの。
　少しはなれた棟の人もいるけど」
秀一「こんちは（と立上る）」
美代「こんちは（立上る）」
高義「よっとこしょッ（と立上る）」
志津「（立上る）」
清子「（立上っていて）こんちは」
道治「（立上っていて）こんにちは」
一枝「フフ、年寄り、ばっかり」
レモン「いいえ、こんにちは」
空「（一礼する）」
一枝「いつも、こんなところにいるわけじゃない
　のよ。ちょっと今日は訳があって。そこの××
　棟の二階の栗林さんが、いい人だったんだけど
　亡くなって――」
志津「一枝さん」
秀一「長い」
一枝「そうね。ほんと。フフ、入居おめでとう。
　行って、どうぞ。ごめんなさい、ひきとめて」
レモン「失礼します（と一礼）」
一枝「はーい」
秀一「はい、どうぞ」
空「（一礼して続く）」
　七人、見ている。
　レモン、空はスターハウスの階段へ。
志津「もう見るのよそう」
高義「そうだ」
美代「嫌われちゃう」
一枝「ほんとね。フフ」
秀一「訳（わけ）ありだね」
一枝「ちょっとね」
志津「ちょっとかな」

高義「とりこわすから、管理部もいろいろ聞かないんだ」
道治「しかし、悪い人間じゃないね」
志津「どうしてすぐ分ったようなことというの」

●階段

あがって行くレモンと空。

一枝の声「ともあれ、いいわねえ、若い人が入ってくるのは」

●藤棚の下

秀一「（たとえば安物陶器の大皿に、わり箸を井桁(いげた)に組んであり、その底の丸めた紙にマッチで火をつける動きの中で）向うは、おびえてるよ」
美代「ほんと——」
一枝「（ベンチに飾るように置かれた老婆の写真に）お豊(とよ)さん、いってた通り、四十九日に、残ってた写真燃やしますよ」
美代「私らが持ってても仕様がないしね」
清子「知らない人ばっかりの写真だから」
志津「私も、じきに自分で燃やすわ」

お豊さんの思い出の写真が十枚ほど、燃やされはじめる。

道治「（仏壇の鉦(かね)を持って来てあって、チーンと叩く）」
高義「ナンマンダブ、ナンマンダブ」
清子「南無妙法蓮華経、南無妙法蓮華経」

●五階の南家前のスペース

レモンが鍵をあけ、ドアをあける。

●南(みんなみ)家・玄関

レモン「（入りながら）広いよね（とすぐ見通せる居間へ）なんにもないせいもあるけど」

●居間

レモンが先に来て置いたトートバッグとあま

り大きくない古びたリュックだけで、なにもない。

レモン「(その荷物の脇に、いま買って来たビニール袋二個を置き、すぐ窓をあけにかかり)カーテンも五階ならいらないかも(と窓をあけ)気持いい(下を見ると老人たちが見上げているので、急いで目をそらし)団地の入口だしさ。奥の方だったら、かなり歩くけど、駅からだって近いし、こんな所に入れるなんて嘘みたいだよ」

空「(まだ荷物をおろさずに立っている)」

レモン「毛布置いたら」

空「(荷物を置く)」

レモン「隣、こっちもこっちもいないんだよ。エレベーターないから、年とるとみんな下へ移りたがるんだよ」

空「ジジババばっかりかよ」

レモン「そんなことないよ。大きな団地だもの。子どもだって二十代だって絶対いるよ」

空「つき合いたくはねえけど」

レモン「そうだよ。知らん顔してればいいよ。東京は、そんなもんよ」

空「(毛布を縛った紐をほどきはじめる)」

レモン「空」

空「(反応しない)」

レモン「空」

空「うん?」

レモン「今更ぐらぐらするなよ」

空「してねえよ」

レモン「こっち見て」

空「なんだよ(見ない)」

レモン「見て」

空「(見て)見たよ(レモンの目の強さに怯む)」

レモン「私を愛して(ひたと見ていう)」

空「愛してるだろ」

レモン「こうなったら腰を決めて、私を愛するしかないよッ」

空「分ってるよ(と目をそらす)」

レモン「(力をぬき)フフ、ふるえた？」
空「誰がよ」
レモン「怖かった？」
空「うるせえ」
レモン「ハハ(ととびかかって押し倒す)」
空「からかうんじゃねえよ(と笑いながら応じ抱き合って、ころがる)」

●夕陽

●団地の情景

夕陽の中の団地。人々。あまり沢山(たくさん)はいない。

●南家・居間(夜)

裸電球の下で、毛布を一枚敷いた上に二人身を寄せ合って、もう一枚を掛蒲団にし、リュックとナップザックを枕にしている。
レモン「明日から、私も職を探すから、携帯もう一つ買わないとね」
空「ああ(少し夫らしい声)」

●団地の朝

情景。

●藤棚のあたり

空が、ベンチに両手をつく形で、腕立て伏せをしている。目の先に、こっちを指さしてやって来る男がいる。勝也である。
空「(動きを止めて見る)」
勝也「(かなり離れているが、あきらかに空を指さしてやって来る)」
空「あ(なんだ？と思いながら起き上る)」
勝也「(指さして近づいて来る)」
空「オレ？(と自分を指す)」
勝也「(うなずきもせず、指さして来る)」
空「あ、なんだ？(と悪いことをしたかと思う)」
勝也「(どんどん来る)」
空「え？」

勝也「(藤棚まで来て、手をおろす。一息つく)」
空「すいません」
勝也「なにが?」
空「あ、ここで、体操とかしちゃいけないのかなって――」
勝也「そんな訳ないだろ」
空「そう思ったけど――」
勝也「これ（栄養ドリンクを左手に持っていて）やれよ」
空「なんですか、それ」
勝也「栄養ドリンクだ」
空「いいです」
勝也「いいってことはない、近づきのしるしだ。汚かないよ。栓もあけてない」
空「お気持だけ、いただきます。どうぞ」
勝也「私はのまない。ずっと死なないのも困るからな。さあ――さあ」
空「じゃあ（と受けとる)」
勝也「窓から見えた。奥さん大きいなあ」

空「はい」
勝也「昨夜、東口の小さなスナックでのんだ。はじめての店だ」
空「へえ」
勝也「お近づきのしるしだと――」
空「そっか（とドリンクのラベルを見たりする)」
勝也「のめよ」
空「ええ。でも――」
勝也「断る理由でもあるか?」
空「いえ」
勝也「遠慮するようなもんじゃない」
空「ええ」
勝也「ちょっといけるママがいた、床屋の前だ。のめのめ」
空「はい。じゃあ（と栓をひねってあけ、のむ)」
勝也「(見ている)」
空「(のみ干(ほ)し) フフ、どうも」
勝也「どうする?」
空「え?」

勝也「知らない男がくれたものを、そんなに簡単にのんで、どうする」
空「あ、だって――」
勝也「とうに期限切れかもしれない」
空「のましておいて」
勝也「大変だ」
空「大変て――」
勝也「動いて散らすんだ。じっとしてちゃダメだ」
空「なによ、それ」
勝也「動け動け、じっとしちゃダメだ（と一方へ）早く。こっちだ。こっちだ（と先へ行く）」
空「冗談じゃねえよ」
勝也「無論冗談じゃない。動け動け。こっちだ。行っちゃうぞ」
空「行くなよ。なんだよ、これ（と追う）」

●団地の道Ⓐ

勝也、ドンドン歩く。

勝也「なるべく動け。全身で動け。じっとしてると危い」
空「オレは、あんたが誰なんだ、と聞いてるんだ」
勝也「橋場だ（とドンドン歩く）」
空「ハシバ（と追う）」
勝也「橋場勝也だ」
空「名前を聞いたって誰だか分らない」
勝也「他にこたえようがない。仕事はしていない。ただの年金ジジイだ」
空「どこへ行くのよ」
勝也「散らすんだ。動くんだ。走ってもいい」
空「そんな子どもだまし（と続く）」

●団地の道Ⓑ

勝也「（ドンドン急ぐ）」
空「そっちが慌てるなよ。ふざけんなよ」
勝也「効いて来たか（と先を急ぐ）」
空「効いて来ねえよ（と続く）」

●団地の道Ⓒ

勝也「この先だ（と行く）」

空「バカバカしい。バカバカしい（と続く）」

●キルトの家・前

勝也、来て振りかえり「キルトの家」を指し「ここだ。御苦労」と破顔一笑。

空「なにが御苦労だ（はなれて立止る）」

勝也「ただのドリンクだ」

空「そんなことは分ってる」

勝也「そうか。分ってたか。ハハ」

空「なによ、ここ」

勝也「キルトの家だ」

空「それが、なによ」

勝也「キルトを売っている店だ」

空「セールスかよ」

勝也「そうじゃない」

空「金なんかないよ」

勝也「分ってる。売る気もない」

空「なら、なんだよ（と帰ろうとする）」

勝也「八十六の旦那と八十二の奥さんが、両方入院してな」

空「（振りかえる）」

勝也「ほっとくと荒れるから、周りの掃除や戸閉りを見回る代りに、中を使っていいといわれている」

空「使うって——」

勝也「コーヒーをのんでもいいと（とドアをあけようとすると閉っている）」

空「コーヒーなんかのまねえよ」

勝也「ちょっと待て。鍵があるんだ」

空「入りませんよ」

勝也「どうして？」

空「簡単に人を信用するなといったのは、そっちでしょう」

勝也「簡単に人を疑うな」

空「フフ、さよなら、入り、ま、せ、ん。怪しいよ（と戻って行く）」
勝也「おい、怖がってどうする？　若いもんがひるんでいては、人生ひらけないぞッ」

●南家・居間（夜）

配達されたばかりのビニールがかぶせられたダブルのマットレスが壁に立てかけてあり、床に昨日買ったホームセンターとスーパーの袋を平たくしてお膳代り、その上にマンガ週刊誌が置いてあり、キッチンから唯一の鍋でつくった肉ジャガを鍋ごと雑誌の上に運ぶレモン。
レモン「じゃ、入らなかったの？（と置く）」
空「（350ミリの缶ビールと缶ジュースと茶碗二個箸二膳にフランスパン（バゲット）を前にしてすでに立て膝でいて、バゲットを手で半分に折りながら）そこまで人が好くねえよ」
レモン「面白そうじゃない」
空「どうせ商売だよ。キルトってなんだか知らねえけど」
レモン「キルト知らないの（バカにしていう）」
空「どうせオレはなんにも知らねえよ」
レモン「そのオヤジ、面白い」
空「面白くねえよ」
レモン「楽しそうに話した」
空「会ったことねえよ、あんなの。フフ」
レモン「ほら、嬉しそう」
空「なんなんだ、あいつ」
レモン「明日行ってみよう」
空「パート何時までよ？」
レモン「ほんとはね、決まらなかった」
空「そうかよ」
レモン「パソコン使えるとこが、よかったんだけど——」
空「俺は四十万、有り金全部出したぞ。あといくらあるんだ」
レモン「ここの、一年前払いで、大半使ったから」

空「あといくら？」
レモン「男が、金のことなんか、細かく気にするなよ。二人で働けば、どうにでもなることだろうッ（と急に怒って、缶ビールを開ける）」

●団地の道Ⓐ（朝）

十歳ぐらいの女の子の赤い靴の片方を、空が蹴る。
汚れて、くたびれた靴。
レモン「（空と一緒に歩いていて）よせ」
空「なんで片方だけ落ちてんだ？（といってまた蹴る）」
レモン「捜してるかもしれないだろ」
空「忘れるか片方（と蹴る）」
ころがる靴。
レモン「（その空の前に立ちふさがり）空」
空「なんだよ」
レモン「私を蹴りたいなら、私を蹴れよ」
空「いちいちムキになるの、やめてくんねえかなあ（と行く）」

●キルトの家の前

レモン「（前シーンとつながらずに明るく）へえ。お洒落（しゃれ）じゃん」
空「閉ってるかなあ（と近づく）」
レモン「また来ればいいよ。散歩だよ」
空「（ドアの前に立ち、レモンを見る）」
レモン「（うなずく）」
空「（心を決めて、ドアをあける）」

●キルトの家・店内

中央に大きなテーブル。壁に大きめのキルト。小物の陳列棚もある。奥には、天井から吊されているキルトもある。

一枝と秀一がテーブルにいて、秀一がマイセン風の女性像の汚れを細かく拭きとっていて、それを一枝がのぞきこんでいる。

一枝「（ドアがあいたのを見て）あ、来てくれた。

私、分る？　おととい藤棚のところにいた一人」
空「（思い当り）あ、はい」
一枝「昨日そこまで来てくれたんだって？」
空「はい」
一枝「（レモンを見て）いらっしゃい、あ、二人ね」
レモン「こんちは」
一枝「入って入って。勝也さん、来てくれたわ（と奥のキルトの陰の席にいい）ここら、どこでも掛けて（また奥へ）聞えた？　勝也さん」
勝也「（よく見えない）ああ」
一枝「ねえ。あの人（勝也）変ってるから驚いたでしょう」
空「少し――」
一枝「（勝也の方へ）ほら、少しだって（空へ）それでいて、ここへ来ると、ひがんでるみたいに、あそこに座るの」
秀一「どうこれ？（とレモンにマイセン風を見せる）」
レモン「きれい」
一枝「ね、きれい。拾って来たのよ」
レモン「へえ」
一枝「なんでも拾ってくるの。家の中、拾いもんで一杯らしいの」
秀一「買ったものがない」
一枝「それはないでしょ」
レモン「陶器ですよね」
秀一「磁器だね」
レモン「ああ――」
一枝「いいのよ、同じやきものだもの」
秀一「それ（とレモンの腕時計を指し）電池切れてるね」
レモン「あ、分ります？」
一枝「時計屋さんだったの」
秀一「すぐね、パッと目が行く。止まってるなって」
レモン「すごい」

空「（キルトを見て）これって、パッチワークですよね」
一枝「そう。ただキルトは二枚の布の間に綿をはさむの。端布（はぎれ）とか余った布とかでつくったのよね。このごろは切れ端じゃすまなくなって、こういう左右対称も結構多くなって、これなんかはまだちょっとジャズっぽいっていうかなあ（とアトランダムに縫い合せたような、アフリカ系アメリカンのキルトを指す）」
レモン「あ、へえ（と見ている）」
空「（他のキルトも見ている）」
一枝「でもまあよく来てくれたわねえ」
レモン「話聞いて、面白い人みたいで」
一枝「（勝也の方へ）勝也さん、あなたが面白いって。（レモンに）私がね、あの人に、若い人入居したから誘ってみてってていったの」
レモン「キルトを買う余裕ないけど――」
一枝「そんなの全然。私の店じゃないもの。オーナーもね、好きなキルトは売りたくないっていいう人なの。夫婦で入院しちゃってね」
レモン「大変」
一枝「そう。掃除してくれれば、使っていいって言われてるの。（勝也へ）勝也さん、顔出したら。二人で来てくれたのよ」
勝也の声「諸君」
一枝「え？」
勝也の声「諸君」
一枝「あ、これ、聞いてやって。あの人（勝也）ね、人を煙（けむ）に巻くのが好きなの。諸君て、みなさんていう意味ね」
レモン「はい」
勝也「（キルトの陰で）諸君」
一枝「分ったって（と勝也にいう）」
勝也「魂のはなしをしましょう」
一枝「うん、これ、定番」
勝也「魂のはなしを――」
空「――」
勝也「なんという長い間、ぼくらは、魂のはな

しをしなかったんだろう（吉野弘「ｂｕｒｓｔ
花ひらく」）」
一枝「（シンとした間あって）フフ、こういうこ
とをいうと、みんなちょっと驚くでしょう。そ
れが嬉しいの。ほら立上った」
勝也「（立つ。まだキルトでよく見えない）」
一枝「自分のことばじゃないのよ。詩かなんかに
あるの。（勝也へ）さあ、出て来て」
勝也「（現われ、空に）よく来たな、青年」
一枝「青年よりこちら、きれいでしょう」
レモン「ううん。（勝也へ）こんにちは」
勝也「よう（少しレモンから目をはずす）」
秀一「ほら、この人は、いい女だと、まっすぐ見
られない」
勝也「そんなことはない（しかし微妙）」
秀一「魂のはなしもいいけど、たまには時計の話
もしてね」
一枝「ほんとね」
勝也「その通りだ。なんという長い間、ぼくらは、
時計の話をしなかったんだろう」
一枝「しなかったんだろう」
秀一「しなかったんだろう」
「しなかったんだろう」は三人揃ってうまく
いえ、笑ってしまう。レモンと空も、なんだ
か快い空気に笑ってしまう。

●あるトンカツ屋（昼）

混んでいる。キャベツをのせたザルを持って
レモンが、男四人のテーブルへ。
レモン「お待たせしました。キャベツの追加のお
客さま」
「オレ」「ここ」「オレ」「オレも」と四人が
口々にいう。
レモン「ありがとうございます（と明るく適応し
ている）」

●自動車修理工場Ⓐ

板金の仕事をしている空。

●団地・不燃ごみ置き場

秀一が、地球のない地球儀を、ゴミの中から引き出している。

秀一「あったよ、あった」
道治「(見ていて) よしなよ。そんなのどうすんの?」
秀一「これ使えるよ」
道治「捨てなさいよ。嫌われるよ、また」
秀一「あんたの物言いも、とっくに嫌われてるよ」

●キルトの家 (午後)

メンバー八人が集っている。

勝也はまたキルトの陰。他はテーブルの周辺で、キルトの小物にそれぞれとりかかっている美代と清子。またなにか拾って来たらしいものを磨いたりしている秀一。

大型の時刻表の路線図を見ている道治。

志津と高義は将棋盤に向っている。

一枝はポットを使って大きめな急須(きゅうす)で全員のお茶をいれている。それぞれ湯呑みはちがう。

一枝「またいらっしゃいって携帯に掛けたら、土曜日の夜なら、夕飯のあと来るっていうの。聞いてる?」
美代「聞いてるわよ」
清子「聞いてる」
道治「聞いてるよ」
一枝「少くとも嫌がられてはいないってことでしょう。ここを二人が気に入ったってことでしょう」
秀一「女の子の (腕時計の、と仕草で) 電池替えてやったからね」
志津「あんな大きいの女の子っていうか (と駒を打つ)」
秀一「あ、聞いてるんだ」
高義「(盤を見ていて) そんなのアリか?」
志津「どんなこともありよ、人生」

高義「人生じゃないだろ、これ」
道治「ちゃんと聞こうよ。お茶入れてくれてるんだから」
一枝「あさって、土曜日、どうするかってこと」
清子「どうするって？」
一枝「こないだは偶然、秀一さんと私と、あそこの勝也さんと三人でいい感じで応対したけど、だからこそまた来るっていってるんだけど、そこで、あさって、いきなり全員で迎えていいかってこと」
美代「いけない？」
一枝「私はともかく、今更いいたくないけど、一応、みんな年寄りでしょう」
美代「見た目はねえ」
一枝「とにかく、あさって、どっと全員ここにいたら、若い人は引くんじゃないかってこと」
美代「ありえる」
一枝「私たちのよさは、もう少し小出しにした方がよくないかってこと」
勝也の声「（キルトの陰から）その通りだ」
一枝「（その勝也に）出てらっしゃい」
勝也「（キルトの陰から）いいよ」
一枝「よくない。いらっしゃい。会議会議」
志津「来るよ（と駒を打つ）」
一枝「そんなこといわないで」
勝也「よいしょ、と（と立つ）」
清子「フフ」
美代「勝也さんは一枝さんにはさからえない」
勝也「なんとでもいってくれ（と現われ）こないだは、あの二人、私の言葉に大いに感銘を受けていた」
一枝「魂のはなしをしよう、ね」
秀一「定番」
一枝「定番でもよかったわよ」
勝也「（嬉しく）ほらみろ時計屋」
秀一「はい、はい」
一枝「それで、あさっても、私たちの別の角度のよさをまたちらっと見せるぐらいがいいんじゃないかって」
清子「そうね。いきなりみんないたら、一人一人のよさが分らないかも」
美代「ちらっとなにを見せるの」
一枝「キルトだっていいじゃない。二人でやって見せるだけだって、知らない人は面白いわよ」
志津「私はダメよ（とまた打つ）」
高義「あ、銀を？　どうして？」
一枝「ううん。私ね、今度は志津さんがいいと思ったの」
清子「キルトじゃなくて？」
一枝「そう。私たちも志津さんが三味線弾くの見たことないでしょ」
志津「ダメ」
一枝「一度だけ、ポロッと新橋っていいましたよねえ」
志津「そんな自慢、哀しいでしょ」
一枝「でも、ずっと只者じゃないと思ってました」
志津「只者よ」
一枝「たまに、ふっと口三味線が出るじゃない」
清子「民謡ね」
一枝「民謡じゃないわよ。新内とか都都逸とか、そういうのですよねえ」
志津「（高義に）なにしてるの、序の口から」
一枝「私、ずっと前から弾いて貰いたかった」
清子「三味線かあ」
志津「団地じゃ弾けないわよ、うるさいって」
一枝「ここは団地じゃない」
美代「若い人に分る？」
一枝「分る。いいものは、きっと分る」
志津「ずいぶん弾かないもの、とっくになまってる」
一枝「大丈夫。生で弾くだけで十分。若い人にはそれだけで、十分別の世界」
志津「ダメっていったでしょ」
一枝「ううん。弾きたいと思ったのよ。だから、こっちがいい出す前に、私はダメっていったの」

志津「だからダメよ」

一枝「ダメじゃない。弾きたいって気持絶対ある。

私が聴きたいの。きっといいと思う」

秀一「聴きたいね」

道治「私もだ」

志津「(駒をくずす)」

高義「あ、え?」

一枝「いけない?」

志津「そんな、三味線はなまやさしいもんじゃないの。気軽にいわないで」

勝也「(間を置かず)志津さん。やった方がいい。じきに途切れてしまう人生だ」

一枝「なんてことというの」

勝也「完璧じゃなくていいんだ」

志津「無論、完璧だなんてわけにはいかないわよ

(三味線の音、先行して)」

●キルトの家・表(夜)

三味線が流れる。

●キルトの家・店内

志津、三味線を弾いている。これはおまかせで、どのようにでもなさって下さい。

唄でも。

聴いているレモンと空。

そして、和服の勝也。秀一、高義がそれぞれの姿勢で聴いている。

●キッチン

灯りを消してある。一枝、美代、清子、道治が、いないことにして耳を傾けている。

●店内

志津「(たとえばさわりの技術を要するところで、急にやめてしまう)」

思いがけなく、一同「え?」となる。
秀一「どうしたの?」
志津「(苦笑してかぶりを振る)」
勝也「よかった」

●キッチン

無言で一枝たち、うなずく。

●店内

志津「自分はね、だませない」
レモン「そんな――」
空「ビンビン来たっていうか」
レモン「やめないで下さい」
一枝の声「(もう店内に入りかけていて) よかったわ。続けて」
秀一「いたの?」
一枝「そう。いたの」
美代「いたの」
清子「いたの」
道治「いたの」
一枝「聴きたくて裏からね」
志津「ありがと。おわり」
一枝「それはない」
美代「ない」
清子「ない」
レモン「ない」
空「ない」
勝也「プロに無理強いをしてはいかん」
一枝「分るけど、折角みんな楽しんでいたのに」
志津「―― (自分の世界にいる)」
勝也「(急に、唄い出して下さい。民謡でも演歌でもフラメンコでも、得意なものがありましたら、動きを入れて)」
秀一「(たちまち、それに乗って、合わせて。自分の得意なことをして――)」
二人のそれがアンサンブルになるような芸を見せて下さい。途中から高義が入る。一枝が入る。いつの間にか志津の三味線が入ってもいい。大人の人生の蓄積が、レモンと空の前に展開する。あまり短くとはいかないでしょうが、長すぎず、あざやかであり、本当なら稽古を要することですが、ここはリアリズムを抜けて、洗練されたバカ騒ぎを――。

●スターハウス・階段（朝）

レモンと空が駆けおりて行く。

●坂道Ⓑ

レモンと空、駅の方へ。下から来る米川淑子（よしこ）（55）。トートバッグ提げて打合せに出た感じ。テキパキした知性を感じさせる女性。

淑子「あ（と二人を呼びとめ）失礼、いいかな？」
レモン「はい？」
淑子「あ、でも、こんな朝、悪いわね」
レモン「どうぞ」
空「はい（腕時計を見て）まだ」
淑子「自治会の副会長の米川です」
レモン「はい」
淑子「あ、でも、自治会に入ってっていうんじゃないのよ」
レモン「必要なら」
淑子「ううん。短期入居だし、自由だと思っています」
レモン「はい」
淑子「南（みなみ）さんね」
レモン「みんなみです。南と書いて」
淑子「みんなみさんかあ」
レモン「フフ」
淑子「キルトの家のことだけど――」
レモン「はい」
淑子「いいのよ、無理につき合わなくても」
レモン「無理じゃありません」
空「はい」
淑子「ちょっと変ってるでしょう」
レモン「あ、まあ」
淑子「あの人たちが団地の平均だなんて思わない

でってこと」
レモン「思ってません」
空「思ってません」
淑子「そう、そうね。フフ。ちょっと、やなこといっちゃったなあ（と団地内の方へ）失礼（感じは悪くない）」
レモン「――なにこれ？（と歩き出す）」
空「なんか（歩き出し）対立してんのかなあ」

●坂道Ⓐ

レモン「知ったことじゃないよねえ（と駅の方へ）」
空「変ってるからなんだっていうんだ」
レモン「はじめっから変ってるぐらい分ってたよねえ」

●南家・居間（夜）

カーテンが入っている。畳に安物のテーブルと椅子二脚。電気万能鍋が連結コードでつなげられて、簡単な材料（たとえばプラスチックのまな板の上に粗く切ったキャベツ、スーパーのパックのままラップをとった豚肉。ゆずぽん）の鍋をはじめている。あとは飯茶碗と小型炊飯器に鍋のとり皿の小鉢など。
レモン「でもさ、考えると、キルトもワザとらしいところあるよね」
空「どこが？」
レモン「三味線さあ、男三人と私らだけだったろ」
空「奥にいた」
レモン「どうして奥にいたの」
空「かくれてた」
レモン「聴きたきゃはじめっからいればいいじゃない。かくれてる理由なんかないじゃない」
空「そうだけど――」
レモン「そう思うとさ、あのバカ騒ぎもさ、どっか私らに見せてるってとこなかった？」
空「気持は分るけど――」

レモン「どんな気持？」
空「年とっても、こんなに楽しむこと知ってるって、見せたかった」
レモン「それだけじゃないよ。今朝の、あの女なんかといろいろあってさ。私らを味方につけて勝とうとしてるのかも」
空「俺たち味方にすると勝つか」
レモン「うん？（分らない）」
空「勝たねえよ、考えすぎだよ（と食べる）」
レモン「うーん」

●団地・藤棚のあたり（昼前）

勝也「（はじめての登場と同じに、こっちを指さしながら、どんどん来る）」
空「（ベンチで体操まがいなことをしていて、気がついて立上り、笑顔で一礼）おはようございます」
勝也「こんな時間にいいのか？」
空「辞めたんで」
勝也「車の修理を？」
空「やり方があんまりちがうんで」
勝也「食って行けるのか」
空「少しなら」
勝也「手に職があると強気だなあ」
空「高校出てから五年ちょっときたえられたんで」
勝也「社長にか」
空「――っていうか」
勝也「親父さんか」
空「いえ、兄貴に――」
勝也「兄さんか。そりゃあいいな。兄さんに仕込まれたか」
空「はい」
勝也「どこだ？　故郷（くに）は」
空「だから、九州の方っていうか」
勝也「九州じゃねえな」
空「そんな――」
勝也「東北でもねえ」

空「フフ」
勝也「詮索はしねえよ。俺も外国暮しが長かったから、日本語いくらかおかしいだろ」
空「そんな――（少し冗談かと思う）」
勝也「見えねえか」
空「いえ――」
勝也「ボナ・セーラって柄じゃあないな。ハハ」
空「いえ――」
勝也「俺を呼んだね」
空「呼んでません」
勝也「鳥とかな、昆虫とか鼠とかは、人間には聞えない音波でやりとりをしてるっていう」
空「ああ、はい」
勝也「人間にだってそういう感度があるはずなんだ。それを言葉とか携帯とか使うから鈍ってる」
空「はい」
勝也「俺は、鳥や昆虫のように、感じとる力を磨きたいと思ってる。他人からの音波を感じとる力をだ」
空「へえ」
勝也「俺を呼んだね」
空「呼びません」
勝也「いや、呼んだ」
空「そんな――」
勝也「ふと感じて窓からここを見た。あんたがいた。だから来た」
空「あ、へえ（少し思い当る）」
勝也「相談があるなら乗るぞ」
空「あ――いえ」
勝也「うん？」
空「相談はないけど、橋場さんに」
勝也「勝也でいい。みんな勝也で通している」
空「会えないかな、と思ってました」
勝也「そうだろ、だから感じたんだ」
空「用事はないけど――」
勝也「それが一番だ。そういうのが一番いいじゃねえか」

空「はい」
　二人、笑ってしまう。

●団地とは別の高台への坂Ⓐ

　勝也と空がのぼって行く。

勝也「フフ、そうか、南米はそう簡単には行けないな」
空「外国は兄貴たちとサイパンへ行っただけで」
勝也「南米はいいぞ」
空「ブラジルとか——」
勝也「ペルー、チリ、アルゼンチン、コロンビア——ベネズエラ、ベリーズ、カリブ海もな」
空「旅行会社ですか」
勝也「へへ、そんな洒落たもんじゃない。フフ、しかし、南米は（短く陰るが、すぐ元気に）いいぞ、南米は（と行く）」

●団地とは別の高台への坂Ⓑ

勝也「観光ならイグアスの滝だ。世界一だ。ブラジルとアルゼンチンの間にあるってよくいうが、パラグアイにも接している。フード付きのレインコート着ても、落ちて来る水の量が半端じゃない。しぶきが凄い。ずぶ濡れだ。風速四十メートルの台風の中にいるようだ。これがいい。離れて見ているだけじゃダメだ。私は、七回、日本からのゲストを連れて行ったが、最後に、一人で、八回目、単独で行ったよ。思う存分しぶきを浴びたよ」
空「へえ」

●団地の見える高台

勝也「（来て団地の方を見て）どうだ、ここからの団地は」
空「いいすね」
勝也「どこが？」
空「え？」
勝也「薄汚れたあの団地のどこがいい？」
空「規模がでかいし——」

勝也「競争率数十倍の憧れの団地だった」
空「はい」
勝也「母は死ぬまで住んだよ」
空「そうですか」
勝也「はじめと、終りの少しばかり一緒だった」
空「へえ」
勝也「段々あんたも世の中が分って行くだろう」
空「はい」
勝也「なにをしてもいいが、なに事も頭から軽蔑しないことだ」
空「あ、でも、俺が工場（こうば）をすぐ辞めたのは、軽蔑してるとか、そういうことじゃなくて」
勝也「分ってりゃあいいんだ」
空「――はい」
勝也「感度いいじゃねえか」
空「いえ――（多少、悪くない気持）」

●南家・居間（夜）

テーブルに食べかけの弁当二つ。缶ビールと缶ジュース。
レモン「（トイレの前にいて、そのドアを叩き）あけろよ。鍵なんか掛けるな。出て来い。仕事やめたってなんだよ（あかない）トイレに逃げ込むなんて、子どもっぽいことするなッ（ドンドン、あけようとすると、錠を空がはずしたので、あいてしまう）」
空「小便がしたかったんだ（と虚勢をはって出てくる）」
レモン「飯の途中に小便なんかするなッ」
空「怒るから出ねえだろ（と窓へ）」
レモン「段取りがちがう？　道具がちがう？　手抜きをさせる？　それが、なんだよ」
空「なんだよはないだろ」
レモン「土地土地工場（こうば）工場でやり方がちがうなんて当り前だろ。それやだっていってたら仕事なんかあるかよ」
空「だけどよ」
レモン「だけどじゃないよ。兄貴のやり方が世界共通唯一のやり方なのか。あんな奴のが」

空「（口の中で）よくいうよ（聞えなくていい）」

レモン「その上、あのジイさんと会って面白かった？　あの連中は、なにかたくらんでるから用心しろっていっただろ」

空「――」

レモン「ナカナカノ人物ダなんて、人のいいこといってんじゃないよ」

空「あの連中がなにをたくらんでるっていうんだよ」

レモン「分んないよ」

空「分んなくて、つき合うなかよ」

レモン「つき合いたいの？」

空「面白えだろ」

レモン「空。南空（みんなみそら）」

空「（窓の外を見ている）」

レモン「私たち、なんにもないところから、二人で第一歩を歩き出したんだよ」

空「分ってるよ」

レモン「分ってたら、仕事やめるなよ。ジイさんなんかとつき合わないで、二人の生活に集中しろよ」

空「――」

●団地の道（午前中）

道治が自転車を押している。自転車にはやや古い電子レンジが縛りつけてある。

一緒に歩く高義は手ぶら。

高義「乗れよ。漕いで行けばすぐじゃねえか」

道治「（ゆっくり）だから（と止まり）これは（レンジを指し）重くてバランスを崩すから」

高義「乗ってみろよ。ダメって決めるなよ」

道治「これは私の自転車で、乗るのは私で、なにが可能か可能ではないかは――」

高義「いちいち止まってしゃべらねえで――」

道治「私が一番分っています（と押していく）」

高義「欲しけりゃ若いんだから、とりに来させりゃあいいんだ。ほんとにまあ（とじれて少し先を歩いたりする）」
道治「あなたは――」
高義「なんだよ」
道治「言葉が荒い」
高義「分ってるよ、そんなことは」
道治「心はやさしい」
高義「童話みてえなこといってんじゃねえよ」
道治「文句をいいながら、一緒に来てくれる」
高義「ヒマだからよ」
道治「だったら急がなくてもいいでしょう」
高義「俺はじれったいのが大嫌いなんだ。散歩だってトットと歩くんだ」
道治「暴力団でしたっけ？」
高義「ずけっと聞くか、そんなこと」
道治「御職業を聞いてないから」
高義「無職だよ、無職」
道治「その前ですよ」
高義「聞くなよ、そんなこと。俺はね、昔の話ってのが大嫌いなんだ。若い時はこうだった、あだったって、半分嘘ばっかりの話を並べてよ。誰もそんなもん聞いてねえよ。それが分らねえような年寄りにはなりたくねえんだ」
道治「ムキになってますねえ」
高義「あんたはお寺の坊さんか。ただの公務員だろ、区役所だろ」
道治「そうですよ」
高義「区役所なんて、あっちこっち担当が変るんだろ。そんなんで、よくやって来られたなあ」
道治「テキパキしたもんでしたよ」
高義「よくいうよ（と笑う）」

●南家への階段Ⓐ

レンジを高義と道治で持って上って行く。
道治「私は退職して変りましたよ」
高義「辞めてから変った？」
道治「本来の自分のテンポに戻ったんです」
高義「じゃあ長いこと、偽りの人生か」

●階段Ⓑ

道治「ヨイショ、重い」
高義「確認をとったんだろうな」
道治「なにをですか?」
高義「レンジが欲しいかどうか」
道治「あの二人は、ほとんどなにもなしに入居したんです」
高義「だから、こんな電力を使うものは、いらねえっていうかもしれねえ」
道治「電話番号も知らないし、連絡のとりようがないでしょう」

●南家・表

チャイムを鳴らす道治。フーッと息をつく高義。
レモン「(はじめ声で) ハーイ」
道治「えーとね」
高義「キルト、キルト、キルトのジジイ」
レモン「(ドアをあけ) あら、おはようございます」
道治「(ニコニコ) レンジをね、一つあげようと思って」
レモン「あらァ」
道治「少々贅沢でも使えばいいや。ハハ」
レモン「ごめんなさい」
道治「え?」
レモン「いま、ちょっと前、リサイクルショップで七千五百円で買ったの届いたんです (と玄関をあがったところにレンジが置いてある)」
道治「あ、ほんとだねえ」
高義「公務員、しっかりしろよ、まったく (と道治の頭を叩く)」

●団地・集会所・廊下 (午後)

窓越しに畳の部屋で生け花教室がひらかれている。
その前の廊下を一方へ行く淑子とレモン。

●小会議室

淑子「（ドアをあけ）あ、ここオッケー。パート何時からだっけ？」
レモン「五時半からだけど――」
淑子「じゃあ四時までいいね」
レモン「そんなには」
淑子「ごめんね、用事が重なって（とテキパキ椅子二つひき出したりしながら）」
レモン「自治会に入らないで」
淑子「いいのいいの、様子見てからでいいの」
レモン「広いし、どうなってるのか分らなくて」
淑子「お節介はしたくないから、頼ってくれればいいなと思って声をかけたの」
レモン「キルトの家って――」
淑子「分んないでしょう。当然（とトートバッグから缶コーヒーと紅茶を出す）」
レモン「あ、私も（と手提げから日本茶のペットボトルの小型を二本）喫茶店じゃないからと思って」
淑子「あ、じゃあ、一本ずつ相手のをのんでもう一本は持ち帰ろう。こっちは二種類だから、どっち？」
レモン「あ、じゃあコーヒーを」
淑子「はーい（とコーヒーをレモンの前に。紅茶をしまいながら）この団地ね、もう五十年近いの。入った時の二十代が七十代、三十代が八十代。そんなに広くないから、子どもは大きくなれば出て行きたがる。結婚すれば勿論。どうしたってお年寄りが残る。若い人にね、なにか一つしてくれたら二百五十円払うっていうシステムを自治会でつくったの。病院のつき添いでもスーパーの買いものでも電球のつけ替えでも」
レモン「はい」
淑子「でも、若い人もそれぞれ忙しいし、子育てしてればよその年寄りどころじゃないでしょう。うまく行ってないの」
レモン「はい」

淑子「自治会でそんなことするから若い人がはなれて行くんだっていうの」
レモン「あ、キルトの人たち？」
淑子「そう。若い人は老人を見ると、助けなきゃいけないって気持になる。でも余裕がない。だから老人と会いたくない。目を合わせたくない」
レモン「――（分る気がして）はい」
淑子「入居して来た人に老人を助けてっていうサインを出すより、まず好かれるのが先だろうっていうの。老人がいる団地っていいなって思わせるのが先だろうって。そんなことといえれば簡単よ。大体、どうやったら若い人が老人を好きになる？　九〇パーセント、よその年寄りなんか好きにならないわよ」
レモン「はい」
淑子「あの人たちはね、自分がまだ元気だから勝手なことといってるの。他人に家の中に入られたくないとか。倒れたって一人で死ぬ覚悟ができてるとか。もともと一人になりたくて東京に出て来たんだとか。ほんとに身体が不自由になったらそんなことといってられないでしょう。だから助け合うシステムをつくろうとしてるんでしょう。あの人たちは、すぐ自分にも起ることを見ようとしていない。すぐ歩けなくなること。すぐ寝たきりになること。認知症になることを気がつきたくないのよ」
レモン「ずっと若い、一枝さんて人は――」
淑子「あの人は、ちょっと変なの。思い込みがきつくて――」
レモン「そうなんですか」
淑子「三味線なんか弾いて、サービスしたかもしれないけど」
レモン「三味線は志津さんていう人でした」
淑子「ほんとはいいたくないんだけど、あの人たち見てると、いらいらして来るの。全然現実的じゃないんだもん」
レモン「――はい」

●キルトの家・店内（夜）

空がドアをあける。美代と清子がテーブルで
小振りのキルトづくりに針を動かしている。

清子「（空を見て）あらァ」
美代「（針に集中していて）え？」
清子「坊や」
空「（ドアを閉めて）こんばんは」
清子「誰もいないのよ」
空「そうですか」
美代「誰もって？」
清子「私らだけってこと」
美代「私らはおるでしょ」
清子「私らなんかに会いたくないもんね」
空「（キルトをのぞきこみ）結構すすみましたね」
美代「キルト（と針を動かす）」
空「はい――」
清子「ボツボツよ、ボツボツ」
空「そうですか」
清子「ひとり？」
空「はい。うちのは、八時半までのパートで帰る
の九時だからぷらっと」
美代「ええやないの」
清子「私らはいいけど」
美代「あれこれみんないたら私なんか影うすいけ
ど、さしで話せるいい機会や」
清子「なに話すの？」
美代「これキルト」
空「はい」
清子「いまいったばっかり」
美代「（かまわず）端布（はぎれ）、切れ端（はし）、余り布（ぎれ）、それ
こうやって、なんとかまとめて行く」
空「はい」
美代「うちら、この団地の余り布やからね」
清子「そこまでいわなくても」
美代「私はね、たしかにね、弱いよ」
清子「ちっとも弱くない」
美代「八十越して弱くない人間はいないの」

清子「そりゃまあ多少は――」
美代「ただね、弱い者は誰でも助けを求めている
　とは限らない」
清子「でも、いよいよになったら」
美代「いよいよでも、死んでも助けなんかいらな
　いって思ってるものもいるの」
清子「そうなの？」
美代「若い人とはちがうの。年寄りは、死ぬこと
　をそんなに怖がっちゃいない」
清子「人によるでしょう」
美代「自治会で、誰だって死ぬより生きてるほう
　がいいとか、公平に助け合おうなんていわれる
　と、あいつを助けるのは嫌だ、助けられるのは
　もっと嫌だって」
清子「誰のことといってるか分るわ」
美代「そんなこと思うのはゴロツキよ」
清子「ううん。私なんかも、相当あぶないこと考
　えてるけど――」
美代「この店へ吹き寄せられたんが、不思議なく
　らい」
清子「ほんと」
美代「一枝さんがね」
清子「そう、一枝さんが、頑固もんもひねくれも
　変人も自分勝手も、倒れた時のこと考えてみん
　なで丸くなったら、つまんないじゃないって」
美代「ボロ切れが息をつけるところをつくろうっ
　て」
清子「十四人集って」
美代「四人がすぐやめて」
清子「元々偏屈だから」
美代「暮に一人死んで」
清子「こないだもう一人死んで」
美代「バタバタ」
空「一枝さんは、まだ少し若いですよね」
清子「そう。だから、どうして、年寄りの心配す
　るのかって」
　表のドアがあいて、一枝、明るく入ってくる。
一枝「もしかして、私のこと？」

清子「やだ」

一枝「やだってなに？（たとえばオレンジが十個ほど入ったビニール袋をテーブルに置く）」

清子「ほめようと思ってたのに」

一枝「ほめて。これオレンジ、いただいたの」

清子「本人前にしたら、ほめられないでしょ」

一枝「かまわないわよ、こっちは」

清子「私はダメなの」

一枝「一人暮しを知ってるのに、ドサッてね。まだ二十個ぐらいうちにあるの」

清子「とりに行こうか」

一枝「ダメ。分ってるでしょ、うちへ来られるのはダメ」

清子「入らない」

一枝「でも嫌」

清子「分んない」

一枝「分んないの。人は分らないの」

急に「その通り」と、勝也の声が例の大型のキルトの陰から聞える。

清子「え？」

一枝「あら」

空「え？」

美代「なんかいった？」

清子「（勝也の方へ）いつからいたの、そこに」

勝也の声「いまだ」

美代「嘘おっしゃい。ずーっといたのね、女二人のところに」

勝也「（立上りながら）邪魔しても悪いと思った」

清子「呆れた」

勝也「（現われ）なんの野心もないよ」

清子「いるんならいるっていうべきでしょ」

勝也「気がつかないのは、ボケかと心配したよ（と表のドアの方へ）」

一枝「こんばんは」

勝也「こんばんは（とドアをあける）」

清子「なに？　行っちゃうの」

勝也「ちょっとな（と出て行く）」

清子「一枝さんを待ってたんじゃないの」

一枝「オレンジ食べない、一緒に」
勝也「(ドアを閉めていなくなる)」
美代「シーッ(とドアを指さす)」
勝也「(ドアをあけて)じゃあ、まあ、いただくかな、オレンジ(と入って来る)」
美代「そうよ」
清子「そう」
一枝「ここら座って」
勝也「ありがとう。フフ、ハハ(どうも一枝をよく見られない)」
一同、それぞれの思いで笑う。
空、ふっと笑いが消える。

●別の修理工場(昼)

空、板金の仕事をしている。手を止めて、大きな息をつく。また一つ。過呼吸になりそうな。
中年の工員「どうした?」
空「ちょっと息をしたくて」
中年の工員「なんだ、それ」
空「すいません(また一つ大きく息をつく)」

●スナック「佐久」・店内(夕方)

少し疲れたママの綾乃が、カウンターの方から、ビールの大ビンとグラス二つと、つき出しを盆にのせて、隅のテーブル席へ。
綾乃「お待たせしました」
南大地(35)「サンキュ」
空「(向き合って掛けていて、大地の真似をして)サンキュウ(といい、ハーッと一つ息をつく)」

●アーケード街(夕方)

人通り少い。がらんとしている。あるスナックの看板。

●スナック「佐久」・店内

大地「(ビールを一口のんで)こんなことがある

んだな」
空「(うなずいて、チラとビールをのむ)」
大地「弟が、女房と逃げるとはな」
空「(うなずくような詫(わ)びるような――)」
大地「ごめんなさいの書き置きだけですむかよ」
空「(頭を下げる)」
大地「よく電話よこした」
空「(うなずく)」
大地「あいつにはいってないな」
空「(うなずく)」
大地「それでいい(とビールをのむ)」
空「兄(にい)ちゃんには、おふくろが死んで、その二ヶ
月あとに親父が死んで、それでも高校出して貰
って、それから五年間、中古車整備の現場でき
たえて貰って、それが――あの人まで奪うよう
な形になって、このまま連絡しないいんじゃあん
まりだと思えて来て――」
大地「当り前だ」
空「兄ちゃんが、ベトナムへ、中古車の、整備と、
販売のノウハウを、指導に行って――その一ヶ
月ちょっとの間、夜は二人きりだったので、そ
の、そういうことになって――」
大地「(ビールをのむ)」
空「それで、あの、うまれたっていうか――」
大地「生れた?」
空「あ、そうじゃなくて、まだちっちゃくて、た
ぶんこのくらいで中にいるだけだけど」
大地「――そうかよ」
空「兄ちゃんとだと、いろんなことをしてもずっ
とダメだったのに、オレとだと、すぐそういう
ことになって」
大地「自慢してるのか」
空「悪いと思ってるよ」
大地「(綾乃へ)ママ、聞えてる?」
綾乃「聞えてない。なんにも。ちょっと、おトイ
レ(と奥へ)」
大地「聞えてた」
空「はい」

大地「別に、いいがな」
空「知らない店だし（ちょっと笑みが浮ぶ）」
大地「笑うな」
空「笑ってないよ。オレは、兄ちゃんの子だって
　いったって、ごまかせるんじゃないかっていっ
　たんだけど――」
大地「数字が合わねえだろ」
空「絶対バレるって。いい機会だから別れるって、
　そうしたいと思ってたって」
大地「よくいうよ」
空「ちゃんと三人で話し合おうっていったんだけ
　ど、兄ちゃんは切れるとなにするか分らないか
　らって」
大地「それは、あいつだろう」
空「逃げちゃおうって」
大地「ケッ」
空「それから、すぐ東京じゃなくて、すげえ、思
　いがけないことがあったんだけど聞く？」
大地「なにを？」
空「逃げてからのこと――」
大地「そんなもん知るか、オレが」
空「うん」
大地「甘ったれんじゃねえ」
空「うん」
大地「あいつには会わねえっていったのは、会え
　ばギャアギャアギャアギャアギャア、さかのぼ
　ってオレが悪いっていいつのって、なにもかも
　自分は無理もないっていうに決まってるから
　だ」
空「うん――」
大地「――おいこら」
空「うん？」
大地「あいつを好きなんだな」
空「うん――」
大地「愛してるんだな」
空「当然だよ」
大地「いい女だ」
空「うん」

大地「俺よりお前の方が合ってるかもしれねえ」
空「――うん、かも、そうかなって」
大地「仲良くやれ（と立つ）」
空「もう行っちゃうの？」
大地「これ以上いるとなにするか分んねえぞ」
空「（目をつぶって）ありがとう。兄ちゃん、ありがとう」

●南家・居間（夜）

レモン「（かぶって着るネグリジェから顔を出し）どう？（と空に笑いかけ）千四百円」
空「（こっちは新品のパジャマのボタンをとめかけていて）いいよ。きれいだよ」
レモン「やっぱり（と窓のカーテンを閉めはじめながら）Tシャツで寝るより、ずっといいよ。新婚なんだし、特にそっちははじめての結婚なんだから、少しは飾らなくちゃね」
空「（自分のパジャマを見下ろして）千四百円か（とちょっとつまんでみたりする）」
レモン「ううん。そっちは七百円」
空「半分かよ」
レモン「あ、そう、それなに、それ（と指さしてその方へ行く）」
プラスチックの引き出しになっている衣裳箱を三段重ねて整理箪笥代りに壁に添って置いてある上に、空のショルダーかポーチが置いてあり、一緒に栄養ドリンク（前に勝也が持っていたもの）が置いてある。
空「え？」
レモン「（ドリンクを取って）こんなもん買うなよ。元気ないの？」
空「買わねえよ（と取ろうとして）昼にカレー食ったら、くれたんだよ」
レモン「カレーでくれるか、こんなの」
空「お近づきのしるしって」
レモン「あ――（と連想が働いて）あーッ」
空「なんだよ」
レモン「これって勝也っていう人があんたにのま

したドリンクじゃない?」
空「とっくにのんだよ、あれは」
レモン「同じ製品じゃないかっていってるの」
空「分んねえよ」
レモン「あの人、床屋の前のバーで貰ったっていったっていったよね」
空「バーじゃないよ、スナックだよ、くたびれた、つまんねえ」
レモン「そこへ行ったんだ」
空「偶然だよ」
レモン「カレーじゃないだろ」
空「カレーだよ」
レモン「カレーでくれないだろ、ドリンク」
空「ビールも」
レモン「昼にビールをのんだの?」
空「昼じゃねえよ」
レモン「昼っていった」
空「仕事終って、そっちはパートだから、ちょっと寄って」
レモン「ビールのみたきゃスーパーで買えよ」
空「仕様がなかったんだ」
レモン「なにが?」
空「いいたくねえよ、いちいち」
レモン「どうして男って、ちょろちょろちょろちょろちょろ嘘つくの」
空「嘘ってなんだよ」
レモン「あいつと同んなじッ。兄貴と同んなじッ。どうでもいいことでも、とぼけて、すぐバレる嘘ついて」
空「同んなじゃねえぞ（と反撃に出る）オレは、オレは、兄貴と同んなじじゃないぞ」
レモン「（空の本気に胸をつかれて）分ってるよ。だから、あんたを選んだんじゃないか」
空「――」
レモン「（近付き抱き）暴力振るわないだけでも、ずっとほっとしてるよ」
空「（抱きしめてしまう）」

●キルトの家・店内（夜）

一枝がひとり、テーブルの椅子にかけて、オレンジの皮をむいている。
鉢にオレンジが五、六個盛られている。

一枝「――勝也さん」
勝也の声「（例の位置から）はい」
一枝「オレンジ食べません？」
勝也の声「（キルトの陰から、膝など見えて）いや」
一枝「こちらへ来ません？」
勝也の声「いや」
一枝「どうやら誰も来そうもないし、そんなところにいるのおかしいでしょ」
勝也「あとで（ここらから徐々に姿も映像となって行く）」
一枝「あとで、なに？」
勝也「オレンジ一個貰って帰ります」
一枝「いまじゃなくて？」
勝也「そう」
一枝「どうして？」
勝也「二人きりでいるのは、はじめてだから」
一枝「そうかなあ」
勝也「出て行ってむき出しになるのは困る」
一枝「なにがむき出しになるの？」
勝也「私の勝手な思いも、年の差も」
一枝「そんなの分ってますよ」
勝也「それでも、向き合ってしまうのは、避けたい。先のばししたい。いくらか夢を残しておきたい」
一枝「変なの」
勝也「そう。私は変な奴なんだ。ずーっと変な奴だった」
一枝「いけない？」
勝也「いけなくても悪くても、自分というものから逃げ出すことはできない」
一枝「――そうね」
勝也「ここにいます。これが性に合ってる。やむを得ない」

一枝「了解（いくらか息の声で）」

勝也「え？」

一枝「（はっきり）了解（明るく優しく）」

勝也「あ――はい」

二人、そのまま、しんとしている。一枝、オレンジ食べてもいいし――

●アーケード街（午後）

レモンが、例のスナックのドアを、少し離れて見て立っている。人通りは、まばら。

●スナック「佐久」・店内

レモン「（外からドアをあける）」

誰もいない。

レモン「こんちは（とカウンターへ）」

綾乃の声「（奥から）はーい」

レモン「コーヒーとかいいですか」

綾乃の声「いらっしゃいませ」

レモン「コーヒーだけなんて、悪いかな」

綾乃「（現われて）どうぞ、どうぞ（とグラスに水）」

レモン「そこで昼間のパートが終ったんで（とスツールにかける）」

綾乃「それじゃあ、サービスしなくちゃね」

レモン「コーヒーだけだから（いいんです）」

綾乃「ううん、疲れてる人に、いいもんがあるの」

レモン「あ。もしかして、栄養ドリンク？」

綾乃「知ってるんだ」

レモン「うん。うちのが昨日」

綾乃「昨日？」

レモン「ビールのんだって」

綾乃「昨日、うちで？」

レモン「いいお店らしいから、ちょっと私もと思って」

綾乃「実はね、そこの薬局が店仕舞いで、お別れにって、十二本入りを六ケース貰っちゃったの。

只(ただ)」
レモン「ママ、正直」
綾乃「だからって誰にでもあげてるわけじゃないのよ。新規のお客さん限定。こっそり」
レモン「そっか」
綾乃「思い出した。昨日、御新規。いい男」
レモン「ちがうと思う」
綾乃「兄(にい)ちゃんて呼ばれてた。がっちりして背が高くて」
レモン「兄(にい)ちゃん?」
綾乃「(あ、と失言に気づいて無表情)」
レモン「兄(にい)ちゃんて、呼んでるのがいた?」
綾乃「嘘。間違い。ごめん、うっかり私、おとといとまちがえちゃった。ごちゃごちゃ、ごめんね。フフ」
レモン「ううん。たぶん、こういうことあるんじゃないかって思ってたから。フフ」
綾乃「なんのこと? 私、なんにもいってないわよ」

●南家のある階段(深夜)

駆け降りる空。

●団地の道

走る空。ちょっと振りかえったりして、しかし一方へ。

●勝也のいる棟・廊下

空、捜しながら来る。「橋場」という表札を見つけ、チャイムを押す。外をちょっと見て、もう一度チャイムを押す。じっとしていられない。ドアがあく。
空「すいません、こんなおそく」
勝也「どうした?」
空「妻っていうか——妻が、帰って来ません。パートは八時半すぎに終ったって。いまもう十二時すぎです。警察にいった方がいいかどうか——その前に、勝也さんは、なんか感じてない

かって。感度のいい勝也さんは、なんか感じて
いるかもしれないって」
勝也「大きい」
空「はい？」
勝也「声が大きい」
空「あ、はあ——はあ、まいったなあ、どこ捜し
たらいいか、もうずっとぐるぐるずーっとか
け回って——携帯通じないし、戻って来ないし
（とへたりこんでしまう）」
勝也「バカヤロ（とドアを閉めてしまう）」
空「（見て）バカってなんですか。バカってなん
ですか（ドンドン、ドンドンとドアを叩く）」

［2］

●一回目の反復

空「妻っていうか——妻が、帰って来ません。
パートは八時半すぎに終ったって。いまはもう
十二時すぎです。警察にいった方がいいかどう
か——その前に、勝也さんは、なんか感じてな
いかって。感度のいい勝也さんは、なんか感じ
ているかもしれないって」
勝也「大きい」
空「はい？」
勝也「声が大きい」
空「あ、はあ——はあ、まいったなあ、どこ捜し
たらいいか、もうずっとぐるぐるずーっとかけ
回って——携帯通じないし、戻って来ないし
（とへたりこんでしまう）
勝也「バカヤロ（とドアを閉めてしまう）」

空「(見て) バカってなんですか。バカってなんですか (ドンドン、ドンドンとドアを叩く)」

メイン・タイトル
以下、クレジット・タイトル

●団地・勝也のいる棟・廊下 (朝)

淑子が、自治会の印刷物などの入った手提げを持って、勝也のドアの前に立っている。

淑子「おはようございます」
勝也「(軽い外出の服装で、ドアをあけ) おはよう (と出て来る)」
淑子「あ、お出掛け?」
勝也「そう (と鍵をかけはじめる)」
淑子「昨夜トラブルがあったとかって」
勝也「ないよ (とエレベーターの方へ)」
淑子「誰かがドンドンドンて夜中に」
勝也「それだけよ」
淑子「入居したあの若い子ですよね」

●階段

勝也「(来て) 隣の婆さんがドアあけて、うるさいッて、それで終り (降りて行く)」
淑子「奥さんがいなくなったとかって」
勝也「いろいろ知ってるね」
淑子「キルトの仲間で、あのカップルと、いい関係をつくるって、自治会で一枝さんきっぱりいったんですよ」
勝也「やってるよ」
淑子「この団地は老人が多いから、若い人が入ってくれれば、なにかと助けてって頼むのは当然だと思うけど、そうじゃないって、仲良くなるのが先だって」
勝也「――」
淑子「老人と若い人が仲良くなる」
勝也「――」
淑子「いうのは簡単ね」

勝也「若い女房はすぐ帰って来たよ」
淑子「すぐ?」
勝也「一時すぎに電話があった。バカヤロだ」

●一枝の棟の出入口

淑子「一枝さんと、うまく行ってます?」
勝也「うまくもなにも、大体年がひらきすぎている。色恋なんて考えたこともない」
淑子「そんなこと聞いてません」

●キルトの家・店内

勝也、ドアをあける。
一枝と空とレモンがひとかたまり。そして、仲間の全員がいる。志津、高義、秀一、美代、清子、道治。
一枝「ごめんなさい。集まるっていう電話最後になって——」
空「(立上り)すいませんでした」
レモン「(立上り一礼)」
勝也「(奥へ歩きながら)なにもなくてよかった」
空「はい」
美代「ま、そんなもんやわ」
勝也「何処にいたの?(とレモンに聞く)」
空「マンガ喫茶とかって——」
志津「そんなこと、いい」
一枝「そう。立入ることじゃないもの」
秀一「そうだ」
高義「そうだ」
勝也「南空(みんなみそら)くんよ」
空「はい」
勝也「俺はあんたをほめた。感度のいい青年だと」
空「はい」
一枝「いいじゃない」
勝也「失望したよ」
一枝「そんなこというもんじゃない」
勝也「(無視して)女房が三、四時間帰って来ないのを天下の一大事のように騒ぎ立て、廊下にへたりこんだ。バカヤロだ」
一枝「そうかなあ」
勝也「(かまわず空へ) 他人はあんたのことなんかなんとも思っていない。騒げばやさしく一緒に心配してくれるとでも思ったのか」
一枝「そうよ。思ったのよ」
勝也「二十四だといった」
空「はい」
勝也「二十四でそれはないだろう」
空「(目を伏せている)」
一枝「勝也さんは、そうじゃなかった？　二十四のころ世間知らずじゃなかった？」
勝也「少なくとも俺のことなんか他人は知ったことじゃないとは思っていた。自分のことで騒ぎ立てるのは、はずかしいという感覚はあった」
一枝「だからこの人 (空)、すばらしいじゃない」
勝也「どこをつつけば、そんなことがいえるのか」
一枝「いい？　この人は新婚よ (空に) 新婚よね？」
空「はい」
一枝「それもほんの少しの荷物。きっと訳があるんでしょう (空に) あるんでしょう？」
空「はい」
一枝「たぶんやっと二人になった。とりこわし前の短期入居で安く入れた。仕事もなんとか見つかった。さあスタートっていう時、急に奥さんが帰って来ない。パートに電話すると八時半すぎには出たという。それが九時半になっても十時半になっても帰って来ない。携帯は切れたまま。どうして切れたまま？　どうして連絡して来ない？　物凄く心配よ」
勝也「真夜中に大声で」
一枝「そう、大声で。誰がうろたえて、人目かまわず騒いだりする？」
勝也「誰もしない」
一枝「そう。しない。それをこの人はしたのよ」
勝也「ほめろっていうの」
一枝「そう。格好いいと思った。私たち、しろっていわれたって出来ないでしょう」
勝也「私はちょっとちがうんだ、空くん」
一枝「お説教なんてしないで」
清子「そう。しないで」
勝也「説教じゃない。あの声は、女房がちょっと
　いないだけで出せる声じゃないな」
高義「だから、新婚よ」
美代「若いのよ」
勝也「もっと、キツイ、悲鳴のような、おびえた
　鳥の叫びを聞いたような——」
一枝「怖いこといわないで」
勝也「あれからずっと残っている。あんたの声が
　な」
美代「だからあんた、孤立するのよ」
高義「人のことはいえないだろ」
美代「ほんと。私も、こう見えて、世間噺(せけんばなし)が嫌い
　だからね。ハハ」
空「それってたぶんそうです」
一枝「なにが?」
空「自分じゃ分らなかったけど、パニクってたん
　です。そうです」
一枝「分んない」
道治「誰かに脅かされてるとか」
秀一「逃げてるとか?」
空「いえ——」
レモン「いっちゃおう、空」
空「なにを?」
レモン「なにをって(一枝へ)私たち、思い切っ
　て、東京に出て、仕事探そうって思ったんで
　す」
一枝「うん」
秀一「そう思ってたよ」
レモン「スーツケース二個に、ぎっちりいろいろ
　詰めて、ビニールバッグも提げて」
空「ナップザックも背負って」
レモン「駅で、中学の時の同級生に、海外? ど
　こ? なんて聞かれて、ずっと遠く、遠いの、
　なんていって——」

高義「カバン盗まれたか?」
空「いえ」
レモン「電車で、この人(空)が眠ってるのを見て可哀そうになって」
空「可哀そうって(とちょっと苦笑)」
レモン「このまま、ハネムーンしよう、新婚旅行しようって、東京を通過して」
空「初日は結構いいホテルに、仙台で」
レモン「そのくらいの貯金はしてたんで」
一枝「ハネムーンなら(当然よ)」
空「その先は民宿で、のんびりしようって」
高義「そりゃあホテルなんかよりいいや」
一枝「(ハッとして)感じた」
清子「私も」
美代「感じた」
高義「なにを?」
秀一「仙台から先っていったろう」
道治「感じましたよ」
高義「あ(やっと気づき)まさか」
美代「(高義に)いって、なんだか、いって」
高義「津波」
志津「そう」
レモン「はい」
空「はい」
高義「そりゃあエライこった」
レモン「怪我もなかったし、土地の者じゃないし、家族を亡くしたわけでもないし、経験したなんて人にいうことじゃないけど」
一枝「ううん」
空「五日間、どこか行きようもなくて、市の体育館の、避難所に泊めて貰って、みんな親切で、出るとき、支給された毛布を持ってけ持ってけって、何があるか分らないからって、断ってもいってくれて――」
レモン「外出してて逃げたから、荷物は全部流されて、民宿も跡かたもなくなって」
空「二泊して、おばさんも、漁師のおじさんも、おじいさんおばあさんも、中学二年の娘さんも小学校五年の、辰徳って坊やも、みんないい人で、東京じゃなくて、この辺りで仕事探して暮そうかって、少し思いかけていたのに、六人全員、たぶん、亡くなって――」
レモン「町も港もパチンコ屋も神社も道も角も横丁も、あっという間にめちゃくちゃなゴミのようになって」
空「ボロ切れのような遺体も、生きているような赤ちゃんの遺体も、見たし」
レモン「こんなことが、この世にあるのか、前触れもなく、こんなことがあって、文句もいえないなんて」
空「旅行で来て、助かってるのも、申し訳ないような気がして」
レモン「この人（空）は、神様かなにかが、私たち二人のしてることを裁いたんだって」
美代「なにをしたの？」
レモン「なんにもしてません」
勝也「神は知っちゃあいないよ」
秀一「それは分らない」
道治「海も大地も人を裁いたりはしないよ。自然に揺れて自然にしずまるだけですよ」
空「この人（レモン）が帰って来ないのを、またか、また思いもかけないことが起ったのかって、すぐ後ろから津波が襲って来るような気持になって――」
勝也「それを（私は）感じたんだ」
一枝「すごい」
美代「津波まで分った？」
勝也「なにかを感じただけだよ」
美代「たいしたもんや」
勝也「レモンさんも、そうだね」
レモン「ええ？」
勝也「たぶん、津波のせいで。いや、他のことかもしれないが――」
レモン「いえ、はい――」
美代「どういうこと？」
レモン「急に来るんです。一瞬でなくなってしま

うんだから、なにをしても無駄だって。生きて
行くの大変だなあって――」
志津「――（レモンを見ている）」
レモン「あっという間に全部流されてしまうのに、
ちゃんとやって生きて行けるかなあって」
志津「おめでたね」
レモン「はい？」
志津「（両手を腹に当て）こうしてた」
レモン「でも、育てるパワーあるかなって」
一枝「なにいってるの」
清子「大きななりして」
美代「産んじゃえばいいの。産んじゃえば赤ん坊
が休ませてくれへん。下手な考えなんてふっと
んでしまうわ」
志津「そう。おめでとう」
秀一「おめでとう」
一枝「おめでとう」
レモン「ありがとうございます（複雑）」
空「ありがとうございます（心細さがまじる）」

勝也「（その二人を見ている）」

●団地・南家への階段

レモン「いまは（とあとから来る空に、声はおさ
えて）全部津波のせいにしたけど、あの人が東
口のスナックに来てたなんて信じらんないよ」
空「俺には俺の人生もあるんだ」
レモン「なによ、それ」

●南家のドアから部屋の中へ

ドアを鍵であけ、中へ入って行くプロセスで
――。

空「俺は兄（にい）ちゃんの世話になった。高校も出して
貰った。仕事も教わった。その妻ととび出して、
そのままってわけにはいかねえんだよ」
レモン「戻りたいの？」
空「そんなこといってない」
レモン「ううん。戻りたいのよ。津波からこっち、
空はずーっと逃げ腰だった。あの人に支配され

て一人で立ってられないのよ」
空「一人で立ってるから会ったんだ」
レモン「ここを教えるなんて信じらんない」
空「教えてねえよ、スナックで会っただけだ」
レモン「そこまで来て、住所も聞かないで帰るか？」
空「帰ったもん。本当に好きなら仲良くやれって」
レモン「たくらんでるよ、なんか」
空「その方がいいのかよ」
レモン「なにいうの」
空「そっちこそ連れ帰って貰いたいんだろう」
レモン「そんなこと、よくいう」
空「どうせ俺は頼りねえよ」
レモン「中絶して来た」
空「なんだよ、それ」
レモン「間に合わなかった」
空「なにが？」
レモン「もう十二週を過ぎているから、中絶はやめた方がいいって」
空「中絶して来たっていったぞ」
レモン「でも間に合わなかった」
空「したのかしなかったのか」
レモン「しなかった」
空「バッカヤロウッ（とレモンの腕をつかんで振り回そうとしながら、抱いてしまう）」
　二人、抱き締め合ってしまう。

●やき鳥屋・店内（夜）

　カウンターあたりがやや賑わっている。時々高笑いがあるくらい。奥のテーブルに空をはさんで高義と道治が掛けている。
店員「（大ジョッキ一つ持って来て）生ビールお待たせしました」
高義「ああ、ここだ、ここ（と空の前を指す）」
店員「失礼しまァす（とつき出しだけの空の前へ置く）」
空「サンキュウ」

道治「盛り合せ早くね」
店員「はい、少々お待ち下さいませ」
高義「(すでに食べかけの焼鳥の皿) こっちはもう二杯目 (芋焼酎らしい)」
道治「私はマッコリ (やはり食べかけの皿)」
空「いただきます (とジョッキを持つ)」
高義「ああ、びっくりしたよ」
道治「ほんとねえ」
高義「津波に遭ってるとはなあ」
空「はい」
道治「エライもんだ」
空「別にエラクは (とかぶりを振る)」
高義「そんなことはない。そういう目に遭うと、人間は一段偉くなるんだ」
道治「自分じゃ気がつかないだろうが、少しマシな人間になっている」
高義「ああ、マシな人間になってる」
空「ほんとに、なにもかも失くした人はそうかもしれないけど――」
高義「義援金をあげたいところだが」
空「まさか」
高義「すでに二度にわたって出してる」
道治「私も道でやってるの入れると四回。道のは、百円だけどね」
高義「だからビールだ。グーッとやってくれよ、グーッと」
空「ボチボチで。ボチボチが好きで」
高義「このごろの若いのはそういうことというか」
道治「高義さん。本題」
高義「え?」
道治「本題」
高義「まだ早いだろ」
道治「本題」
高義「仕様がねえなあ」
空「なんですか」
高義「どうしても気になるっていってな」
道治「そっちがでしょう」
高義「あんたたち二人のしたことを神が裁いたと

かいったろう」
空「はい」
高義「なにをしたんだ?」
空「――いえません」
道治「そうなの?」
空「犯罪じゃありません」
高義「そんなことは思ってねえよ」
空「すいません」
道治「いやあ、そうか、そりゃあ、聞けばなんでも分ると思ってた私らが悪い」
高義「ああ悪い。しっかりしろよ、公務員」

●団地(早朝)

しんとしている。美代の小さく「よいしょ」という声。

●南家への階段

美代「よいしょ(と三キロの米をスーパーのビニール袋に入れて縛ったものを階段の途中に置いて)フーッ」
チャイムの音、先行して。

●南家・部屋

暑いので、タオルケットをはいだりして眠っている空とレモン。空はTシャツにパンツ。レモンは、この前とは別のネグリジェ。チャイム。
空「うん?(レモンは反応なし)」
チャイム。
空「はい(と起きかける)」

●南家の前

美代「ごめんね。ボケたんとちがうよ。ああたらが仕事に行く前にと思うてね」
空「(ドアをあける)」
美代「眠っとった?」
空「はい」
美代「じき、六時よ」

空「なにか?」
美代「これね、あげようと思うて（と米のビニールをさし出す）」
空「あ、これって（と受け取ってしまう）」
美代「お米三キロ」
空「どうしてっていうか――」
美代「あんたらが、いじらしうなってね」
空「俺たち、なんとか米はありますから」
美代「義援金よ」
空「金も?」
美代「米よ。米だけ。そういうたでしょう」
空「はい」
美代「五キロ計ったら重いんで三キロ」
空「それは（とちょっと一礼）」
美代「若い人に、たまになんかあげたくなるの」
空「――へえ」
美代「でも、見ず知らずにってわけにもいかないでしょう」
空「はい」
美代「もろうて（貰って）。あげたいの。もろうて」
空「ありがとうございます」
レモン「（ネグリジェで明るく）ありがとうございます」

●とんかつ屋・店内（昼）

レモン「（定食一人前を隅のテーブルに運び）お待たせしました。梅定食でございます」
清子「レモンさん」
レモン「あ、やだ、すいません、気がつかなかった」
清子「いいの」
レモン「御注文も私が受けましたよね」
清子「自分を消すの、うまいの」
レモン「はずかしい」
清子「一時半でここ終るっていってたでしょう」
レモン「はい」
清子「コーヒーでものめないかなと思って」

レモン「ここコーヒーはないんですけど――」
清子「ここだなんていってない」
レモン「あ、そうですよね。私、なにいってんだか」
男の客の声「すいません、お茶」
レモン「はーい、ただいま」

●チェーンのコーヒーショップ

カウンターの隅に並んでいるレモンと清子。
コーヒーを前にしている。

清子「そう。そんなに朝早く美代さんがお米を――」
レモン「はい」
清子「それで昼に私がお店に来たんじゃ気味悪いでしょう」
レモン「いいえ」
清子「みんなきっと二人が元気になるようなこといいたくなったのよ」
レモン「(苦笑)」
清子「元気になって」
レモン「はい」
清子「他人の励ましなんて大ざっぱで役に立たないと思うけど――」
レモン「いいえ」
清子「生きてると、ほんとに浮いたり沈んだり」
レモン「そうですか」
清子「プライドばっかり高い貧乏な家にうまれて、結婚して一息ついたら主人が事故で、出張先であっけなく死んで、一人息子連れて一緒になった次の夫は癌になって、お金ほとんど使い果して、息子はマレーシアへ行ったきり」
レモン「大変」
清子「ところが、主人、保険に入っててくれてね。死んだら、思いがけないお金。いわないんだもの」
レモン「よかった」
清子「この先なにがあるか分らないけど」
レモン「いいえ」

清子「いまは、ほっとしてるの。幸せ」

レモン「そう（と微笑）」

清子「悪いこともあるけど、きっといいこともある。目先のことで慌てないで（とレモンの手を握る）」

レモン「（うなずき）――はい」

●団地の道（夜）

キルトの家に小走りに向う空。

一枝「（キルトの家に向って歩いていて、ぬかれて）空くん」

空「あ、こんばんは」

一枝「どうかした」

空「あ、いま、勝也さんのところへ行ったらいないんで（走りだそうとしている）」

一枝「なんかあった？」

空「あ、いえ（足踏みしながら）勝也さんが、感じてくれたんで、津波のこと話せて」

一枝「そうね」

空「あの、あと会ってないんで」

一枝「急いでるの？」

空「ジョギングです（と走る）」

一枝「待って。私、走りたくない（と追う）」

●キルトの家・店内

一枝「（表からドアをあける）誰もいない」

空「でも、鍵あいてるなら」

一枝「（例のキルトを指す）」

空「はい」

一枝「勝也さん」

空「（ドアを閉める）」

一枝「灯りいっぱいつけて。よくまあ、そんなところに、いつもいつも（キルトへ）」

空「こんばんは（とキルトへ）」

一枝「出てらっしゃい。空くんが、お礼をいいたいって」

空「騒いで。すみませんでした」

秀一の声「魂の話をしよう（高い声）」

一枝「え？」
空「は？」
秀一「（キルトから顔を出し）オレ――」
一枝「やだ」
空「勝也さんは――」
秀一「たまには俺を捜してよ」
一枝「捜すわ、いなくなったら」
秀一「（後手にしていたものを）二人に、あげようと思ってね（と地球のない地球儀の枠に、たとえばブランコに乗ったマイセンの少女人形、たとえば中国のランタンのミニチュアが吊るされている）」
一枝「きれい」
空「スゲエ（といえるほどのものにして下さい）」
秀一「フフ、俺からのエールよ」
一枝「いい、秀一さん、格好いい」
秀一「うまいんだから（と、一枝のことをいう）」
空「ありがとうございます（と受けとり）スゲエ」
秀一の声「だろ（とその細工にかかる。誇らしい）」

●修理工場（昼）

働いている空。

●とんかつ屋・店内

レモン「（出て行く客三人ほどに）ありがとうございました（他のスタッフもいう）またどうぞ、お待ちしてまァす（とこれはレモンだけがいいながら、そのテーブルの片付けにかかる）」
中年のパートの女性「（客に注ぎ足す大きめの急須を持って奥から来て、小さく）レモンちゃん、電話」
レモン「私に？」
中年のパートの女性「そ」
レモン「私、携帯切ってるし」
中年のパートの女性「お店の電話（と行く）」

●スナック「佐久」の前

レモン、通りすぎ、止まり、振りかえって、前に行き止まり、中へ。通勤のスタイル。

●「佐久」の店内

綾乃「いらっしゃいませ」
レモン「(平静ではなく、うなずいて、ボックス席を見る)」
大地と恋人の桐生睦美が、コーヒーを前にして掛けていて立上がる。
レモン「(綾乃に)私もビール」
大地「のんでねえよ」
睦美「コーヒー(と緊張しながらカップを指す)」
レモン「(綾乃に)ビール」
綾乃「ただいま」
レモン「パート先にいきなり電話してくるなんて」
大地「携帯替えたろ。住所知らねえ。どうしろっていうんだ?」
レモン「パートの電話は分るの?(と掛ける)」
大地「あいつの仕事は板金だろ。この辺の修理工場にかけたら、すぐ分った」
レモン「――」
大地「兄だっていったら、ほめてたよ」
レモン「――」
大地「嫁はなにしてるかなっていったら、駅前のとんかつ屋で、昼は十時半から一時半で、夜は五時半から八時半て、機嫌よく教えてくれた」
レモン「酒屋の娘が、どうしているのよ」
睦美「睦美」
レモン「知ってるわよ。沖縄に嫁に行ってすぐ戻って来た」
大地「そんないい方するな」
レモン「――そうね」
大地「俺たちは、一緒になろうと思ってる」
レモン「早い」
大地「そっちが出てってからだ。心配して声かけてくれたんだ」
レモン「それで、もう一緒――」
大地「そっちが先だろう」
レモン「いきなり二人で来るか」
大地「俺は、もうちょっとあとでもと思った。睦美が――」
睦美「(うなずく)」
大地「早くカタをつけようって――」
レモン「いつでもハンコ押すわよ。そっちで書いて送ってよ。住所は――」
大地「板金の社長から聞いてる」
レモン「分った――おめでとう」
大地「(睦美に) いいか、これで」
睦美「(うなずく)」
大地「じゃ (と立ち) ママ」
奥にいて綾乃「はーい」という。
大地「ビール代も一緒に――」
レモン「払わなくていい。地元はこっちが持つわよ」

綾乃「(じゃ、そういうことで、という目で) ありがとうございました」
大地「お邪魔さん (とドアをあける)」
綾乃「いいえ。御苦労様でした」
睦美「(なにもいえず、出て行く)」
レモン「(動けずにいる)」
綾乃「よかったんじゃない」
レモン「え?」
綾乃「別れたかったんでしょう。別れて弟さんと一緒になったんでしょう」
レモン「どうして分るの」
綾乃「ほんと。聞いてないのに、いいことは分るの。ごめんね。フフ」
レモン「コーヒー代払うなんていって損しちゃった」
綾乃「それは負けちゃう。祝杯だから、大きいのにする? (と細身のジョッキグラスに注いだビールを示す)」
レモン「――あ」

綾乃「うん?」
レモン「ダメ、私、いま禁酒（とつい腹のあたりを撫でる）」
綾乃「赤ちゃん?」
レモン「そう」
綾乃「おめでとう」
レモン「みんな、そういうんだね」
綾乃「いうよ、そりゃあ」
二人、笑ってしまう。

●団地への道（夜）

レモンと空。それぞれのスーパーの袋（空の方が大きい）を提げて帰ってくる。
空「なんだよ、なにをはしゃいでんだよ」
レモン「はしゃいでないよ」
空「時給があがった?」
レモン「あがんないよ」
空「ナンパされた?」
レモン「よくそういうこと（とスーパーの袋で空をぶとうとする）」
空「なんだよ（とよける）」
レモン「（笑いながら、ぶとうとする）」
空「卵そっちだろ（とよける）」
レモン「（尚ぶとうとする）」
空「（よけ）よせ（と先に走り）」

●藤棚のあるところ

空「（先に来て、ふりかえり）割れたら悲惨だろ（とベースは機嫌よくいう）」
レモン「主婦は気をつけて振ってるの（といいながら、藤棚の下の勝也に気がつく）」
勝也「よう（と笑顔）」
空「あ。どっか行ってました?」
勝也「夕飯まだか?」
空「いえ、いま外で」
勝也「ケーキあるんだ。キルトへ行くか?」
レモン「あ、これから?」
勝也「お宅の方がいいか?」

●キルトの家・店内

はじめは空と勝也。

空が立ったままテーブルの上の六人分ぐらいの大きなケーキを菜切り庖丁で半分に切りはじめる。

空「勝也さんは、どのくらいがいいですか」

勝也「（どさりと椅子にかけていて）俺はいいんだ。二人でやりゃあいい」

空「食えませんよ、こんなに」

レモン「（キッチンから盆にティーバッグ三個を入れたティーポットとバラバラのモーニングカップ三個、ケーキ皿三枚とフォークをのせて現われ）とりあえず三杯分だけお湯沸かしてまァす」

空「すげえケーキ（とレモンにいう）」

レモン「あ、キレイ」

勝也「二人じゃ多いか」

レモン「多い」

空「冷蔵庫あるから入れときますよ」

勝也「若いからそのくらい食べるかと思った」

レモン「食べませーん」

空「勝也さんにも少し切ります」

勝也「私はね、一事が万事、こんなふうに、過ぎたり足りなかったり、人生との折り合いが悪いんだ」

レモン「なんですか、それ（と勝也の声の沈みかたに、ちょっと励ます声になる）」

勝也「（空を指し）旦那にはじめて会った時、いきなり芝居がかったことをした。こけおどしのね」

空「いいえ、すげえ新鮮っていうか、びっくりしたっていうか」

レモン「面白い人に会ったって（いってた）」

勝也「えらそうな事もいった。なにかあり気にね」

空「いいえ、いうことビンビン来ました。教えられたと思いました」

レモン「そういってました」
勝也「ところが本人は、そんな人間じゃないんだ。口だけでね」
空「魂の話をしようっていわれただけでも」
勝也「あれは、吉野弘という人の詩だ。借りもんだよ」
空「でも知らなかったし」
勝也「ちょっと感じたことを大げさにいって――津波が出て来て、びっくりしたよ」
空「いえ、凄い勘だって――」
勝也「津波だなんて思ってもいなかった」
レモン「そう――ですか」
勝也「津波にたしなめられたような気がしてね」
空「そんな――」
勝也「自己嫌悪でよそへ行ってたよ」
空「なんの事故っていうか」
レモン「自己嫌悪っていったの」
空「よく聞えなかったんだ」
勝也「自分が嫌いで、よそへ泊った」

レモン「そのくらいのことで（そんなの）」
勝也「信じられるか。そのくらいのことで、大人もへこたれるんだ。外に出さないだけだ」
レモン「そうなのかなあ」
勝也「私はかくすのが不器用でね。かくそうとして居丈高になったり――」
空「格好いいですよ」
勝也「学校をスペイン語で出て、商社に入って、ブラジルへ行かされた。あそこはポルトガル語だ。すぐ馴れるといわれた。二ヶ月で馴れたよ。するとすぐアルゼンチンだ。上司が私を嫌ったらしい。いいだろう。はじめから、スペインじゃなきゃメキシコかアルゼンチンだと思ってた。ところが、いじめられてね。生意気だったから無理もないんだがそのころは自分のせいだとは思わない。やめたよ。やめて口があったパラグアイへ行った。日本人移住地の日本人学校の教師だ。土地の子も日本語を習いに来た。悪くなかったが、俺の仕事じゃないとも思った。そこへ別の移住地から話が来た。ワインをつくりはじめたが、販売のルートがない。輸出だなんて話じゃない。パラグアイ国内の売り先だ」

キッチンで薬罐(やかん)がピーッと鳴り出す。

レモン「あ、沸いた（とキッチンへ）」
空「すごいですよ、外国で」
勝也「いやあ、それからは便利屋になった。なんでもした。チリで暮したこともある。国際協力事業団に現地採用で傭(やと)われたこともあった。えらそうな上役がいると、ダメになった。組織が嫌だった。アルゼンチンのいじめが、ぬけなかった」
レモン「怖い（とポットにお湯を注ぐ）」
勝也「ずっと私は、この仕事は、本来俺のやりたいことじゃあない、と思ってた。この先に、俺にぴたりと向いた仕事があると思ってた」
空「それはなんですか」
勝也「はずかしくていえないよ」
レモン「でも聞きたい」
勝也「そう思いながら五十年もたってしまった。まっとうな人間は、うろうろせずに、目の前の仕事を一つ一つ、大事に片付けて行く」
空「俺なんか能がないから」
勝也「そんなことはない。私は、あんたをほめようと思って戻ったんだ」
レモン「すごいじゃない」
勝也「自動車修理と板金を兄上にきたえられたといった」
空「はい」
勝也「とび出しても板金を捨てない」
空「だから他にないから」
勝也「しかし、一度はすぐやめた」
空「ひどかったんで」
勝也「それは理想があるからだ。いい仕事じゃなきゃダメだと思ってるからだ」
空「まあ」
勝也「そういうのいいよ。板金一筋。そういう人生はいい」

空「続くかどうか」
勝也「レモンさんもだ」
レモン「一筋っていえるか、どうか」
勝也「これからの話だ。前は知らない」
レモン「感じないで下さい」
勝也「替えるなよ。この人で辛抱しろよ」
空「辛抱か（苦笑）」
勝也「辛抱は大事だ。私は辛抱がなかった。じっくり自分を一ヶ所にとじこめるというところがなかった。自分でもどうにもならない勝手なプライドがあって、傷つきやすくて、いつも鎧を着て身構えて、気に入らないととび出した。私の人生は散らかったままだよ」
空「それで食って来たって凄いですよ」
レモン「ほんと。辛抱しない人生一筋じゃないですか」
勝也「（虚を突かれたような間があって）おい」
空「はい」
勝也「自分をそんなふうに思ったことは一度もないよ」
レモン「悪口じゃない」
空「凄いっていったんです」
勝也「人と腹を割って話してみるもんだな。チョロッと、事もなげに、私の人生をまとめてくれた」
レモン「気に障ったら」
空「すいません」
勝也「怒ってるもんか。分るだろ、喜んでるんだ。若い奴は凄いな。他人の目は怖いとばかり思っていたが、嬉しいじゃないか。俺、辛抱しない人生一筋だったんだ」
レモン「はい」
空「はい」
勝也「どうしてそんな簡単なことを、自分では思えなかったんだ？」
レモン「さあ」
空「さあ」
勝也「人と深くつき合うことに臆病で、頭が固くなっていた」
レモン「エライですよ」
空「凄いですよ」
勝也「軽くいうな（ちょっとプライドをとり戻し）年寄りをなめちゃいけない」
レモン「なめてません」
空「ちょっと聞いただけでも、めったにない人生じゃないかな」
勝也「へへ、おさえられない。みっともない自慢をしたくなる」
空「して下さい」
レモン「して下さい」
勝也「国名はあえていわないが――」
空「はい」
勝也「断じて悪事ではない」
レモン「はい」
勝也「四日でウン十万ドルという大金を儲（もう）けたこともある」
空「サン十万ドル」
勝也「三十万じゃない。ウン十万だ。あえて金額をぼかしている」
レモン「円じゃなくてドルよ。一ドルいくらよ、いま」
空「分んない」
勝也「派手に使ったよ。ホームレスにウン百ドルやって、偽札だと思われた、使い果たした」
空「スゴイ」
レモン「エライ」
勝也「あんたらを励まそうとしたんだぞ。俺がほめられてどうするんだ」
勝也の笑いに、「いい」「いいです」とレモンと空も同調して笑う。

●団地の坂道（昼）

幼稚園児の列が坂をおりて行く。
若い先生「はーい、そこひろがらないで。二列よ二列（と坂の上を見て）エッ（と咄嗟（とっさ）に子供たちをかばおうとする）」

別の先生「（最後尾にいて、若い先生の動きで坂の上を見て）やだ」

道治の乗った自転車が、ブレーキがきかず、止めようとして止まらず、子供たちの前をすれすれに走りぬけ、思い切って横倒しになる。

道治「（荒い息で）なんだ、これ。なんだ、これ（と起き上ろうとする）」

●キルトの家・店内（夜）

秀一がひとりいる。古いが少し価値のありそうな置時計を柔らかな布で拭いている。

一枝「（外からドアをあけて）こんばんは」
秀一「ああ――」
一枝「ごめんね。ちょっと話があって、ここ使うね（とまっすぐキッチンへ）」
淑子「（入って来ていて）こんばんは」
秀一「自治会の副会長」
淑子「フフ（ここ）はじめて（と店内を見る）」
秀一「（続いて現れた道治を見て）なに？」
道治「（左腕を吊った姿で、苦笑）」
秀一「怪我したの？」
淑子「自転車でね」
道治「（苦笑）」
一枝「（紙コップ四つとペットボトルのウーロン茶を持って戻って来ながら）えらいの。幼稚園の子たちをよけようとして、わざと反対側にころんだんだって」
秀一「骨折？」
道治「すぐ治るよ」
秀一「すぐ治らないよ、年寄りは」
一枝「（淑子へ）掛けて下さい（とウーロン茶の用意）」
秀一「あ、オレ、消える？」
一枝「ううん、いていいの」
淑子「いて」
一枝「急にブレーキがきかなくなったんだって」
秀一「そう」
一枝「それでもう自転車には乗らないようにって、

こちらがいったんだって」
淑子「命令じゃないのよ」
道治「よすよ、もう」
秀一「どうして？」
一枝「ブレーキの故障なんて、直せばいいことでしょう。骨折もね」
淑子「よすっていってくれたの」
一枝「（道治に）どうして？」
淑子「ただ、そうなると、人の手を借りなきゃいけない。自転車なしじゃ五キロのお米を持ったら、もう他のもんは持てない。二百五十円という助け合いクーポンを使うことになる。ところがキルトの家を仕切っている一枝さんがクーポン券が嫌い。おかしくない？」
秀一「まあ、そりゃあ、元気なうちは、俺だって頼りたくないけど——」
一枝「ギリギリまで意地を張って、助けなしで生きようっていう頑固者に声をかけたの。直せばいいだけのブレーキの故障でクーポン券が必要かなあ」
道治「ちがうんだ」
一枝「ちがうって？」
道治「（淑子に）いってくれていいよ」
淑子「ブレーキは故障していなかったの」
一枝「え？」
秀一「じゃ、なに？」
道治「慌てたら、ブレーキのかけ方が分らないんだ」
一枝「いつも乗ってるのに？」
淑子「そういうことが起るのよ。私も年寄り三人看とったから分るの。ずーっと出来てたことが、ポコッと抜けるのよ」
道治「そうなんだ」
一枝「助けるわよ。お米十キロだって運んであげるわよ」
淑子「どうしてクーポンじゃいけないの。みんなで助け合うのがなぜいけないの」
一枝「議論する気はないの」

淑子「議論しましょうよ」
一枝「帰って。どうぞクーポン使って（とキッチンへ）」
淑子「なんなの、それ（とキッチンへ）」

●キッチン

淑子「あなたおかしい。明るくてテキパキしてて、どっかおかしい」
一枝「ほっといて」
淑子「死ぬまで一人をつらぬく。助けを求めないで、若い人を助ける。そんなことギリギリになれば老人には無理でしょう。無理なことを、あなたはこの家でやってるのよ」
一枝「帰って。出て行って」
淑子「ずっと聞きたいと思ってた。あなた、自分ンちへ人を入れないわよね。気さくなのにどうしてってみんないってる。ゴミだらけなんじゃないかっていっている人も。——冷静になって。老人が弱って来て、人の手を借りるのが、なぜいけないの」
一枝「（更に奥のトイレに通ずるドアに入って、強くドアを閉める）」
淑子「ひどいことをいってるかな、私（とそのドアにいう）」

●団地・一枝の部屋のある棟（昼）

●一枝の部屋のある階の廊下

エレベーターから、あまり離れていないドアを見つける空とレモン。チャイムを押す。「留守かな？」と思いかける間あってインターフォンから一枝の「はい」と暗い声。
空「あ（ちょっとひるむ）」
レモン「（すぐ）南です。空とレモンです」
ドアがあく。疲れた顔の一枝。
空「すいません」
レモン「キルトに行ってたけど見えないんで」
空「携帯切れてるし」

レモン「あ、でも、部屋に入れないの知ってます」
空「公園でも、どうかと思って」
一枝「入って」
空「あ、え、いいんですか」
一枝「いいの（ドアからはなれそうになるので）」
レモン「あ（とドアをおさえ）橋場さんが一緒なんです」
一枝「え？」
空「（階段の方へ）勝也さん」
勝也「（階段のスペースから現われて、スタスタと来て止ってしまう）」
レモン「私たちに行こう行こうって」
空「女性一人の家に男が一人で行くのは悪いからって」
勝也「どうしてるかと思ってね」
一枝「ありがとう（空に）どうぞ、ゴミでいっぱい——なんてことはないの。フフ（と中へ）」

●ダイニング・キッチン

一枝「ただね（と薬罐をとって水を入れながら）父のものを片付けられないの。二年半になるのに、捨てられないの。そこ（隣室）そうなの。いま、お茶。どうぞ、掛けて（とガス台に行く）」
レモン「おかまいなく」
空「はい」
勝也「お茶なんか結構」
一枝「（手を止め）そうね。話しちゃうね。変な私を」
勝也「ちっともあなたは変じゃない」
一枝「ううん、変。自分でも変。見て（と父のいた部屋の襖をあける）」

●父のいた部屋

スチールの簡易ハンガーなどを使って父の衣服がクローゼットのように林立している。

一枝「洋服ダンスからも全部出して、夏も冬もみんなこうしてるの」

レモン「セーターも」

一枝「そう。カーディガンもコートも（と手に触れたものを摑む）」

空「――」

勝也「――」

一枝「気味悪いでしょ」

レモン「いいえー」

一枝「父はずーっと工作機械の小さな工場の営業と経理をやって来て、口数の少ない面白味のない人だった。はっきりいうと好きじゃなかった。結婚にも反対された。六年前に母が死んで、それでも一人で嘱託で工場へ通っていた。癌と分っても静かだった。というか、私が、自分の離婚と重なって、通り一遍のことしかしなかった。病院で亡くなる前のその前の日に、「ありがとう」っていわれて、一瞬なんのことか分らなかった。すぐ「ううん」ていったけど、その時もすぐ死ぬなんて思っていなかった。死んでから、それからこれ（と机の上の写真立てを伏せる。ハガキ大より、少し大きいサイズ）、病室のベッドサイドの引き出しに、デパートの包装紙の裏を使って、字のところだけをちぎって、とってあったの（と表を見せる）」

「私は一老人ではない。血も涙もある、桜井慶一郎である」ボールペンの殴り書き、怒っているような乱れがある。一枝の声がそれを読む。

一枝「なんでこんな言葉がわざわざちぎって引き出しにあったのか。きっと、誰かに対して怒ったのね。名前のない人のように扱われたのね。時間がたつにつれて、この紙切れが、私には重くなったの。怒った相手は私じゃないかって。私は、ほとんど父の一生を本気で知ろうとしなかった。どこにも他にはいない特別の人間として大事に思うこともなかった。自分の冷たさにぞっとするけど、父はうっとうしい人――そのくらいにしか思っていなかった。それから、団地でお年寄りを見ると、『私は一老人ではない。誰々（だれだれ）である、何雄何子（なにをなにこ）である』と内心いっているような気がして――。中でも、とりわけそういっている気がしたのが、勝也さん」

レモン「へえ」

空「へえ」

勝也「すぐ顔に出るからね」

一枝「この人（勝也）を一老人なんて呼べる？」

勝也「呼べるよ、いくらでも」

一枝「私は嫌。フフ、アレルギーね。あの人もこの人も平等に、とかいわれると、どの人も十把（じっぱ）ひとからげにされたような気がして、ちがうだろって思っちゃうの。一人一人ちがうだろって。特に、ひとり住いで仲間をつくれそうもない人を見ると」

勝也「（苦笑）」

一枝「声をかけたくなったの」

勝也「（うなずく）」

一枝「父が見てくれているような気がして」

レモン「はい」

空「（うなずく）」

一枝「キルトの神林さん夫妻が続けて入院してしまうまで、臨時の家政婦で、お世話をしてたんで、あそこを無料で借りることができたの」

勝也「どうなの？　二人は」

一枝「奥さんの方は、大分いいの」

勝也「そう」

一枝「御主人は病院を変るって」

勝也「そう」

一枝「昨日行って二時間近くいたの」

レモン「そう（だから、いなかったんだ）」

一枝「いいじゃないって、奥さん励ましてくれた。いろんなことする人がいた方がいいもんて（言葉の終りに不安が横切る）」

勝也「（敏感に感じて）それで？」

一枝「それで？」

勝也「なにか、心配？」

一枝「どうして?」
勝也「感じた」
一枝「大丈夫よ。どうして、そんなことというのか分らない。フフ」

●団地の道

高義が、道治の自転車に乗っている。乱暴である。道を大巾に使って楽しむように——
道治「ああ、遊ばないで」
高義「自転車もいいなあ」
道治「なるべく真直ぐ端へ寄って」
高義「誰もいねえのに、よくそういうことをいうなあ」
道治「遊び場じゃないんだから。あーッ、あーッ。どうして、そういうことをするの」

●団地の管理事務所の前

高義の自転車が乱暴に停る。
道治「(閉口して) どうして、そういう停り方をするんですか」
高義「遊びだよ。ただ停ったって、人生つまんねえだろ」

●助け合いクーポンの受付

管理事務所内の隅に、臨時に机を一つ置いた感じの受付。
淑子「(係の位置にいて、蓋(ふた)をあけた小型金庫に三千円をおさめ五百円をとり出し) はい、三千円いただきましたから五百円のお返しです」
道治「(向き合った椅子に掛けていて) はい、どうも (と五百円をすでにチャックをはずしていた小銭入れに入れる)」
淑子「で、これが十枚つづりの助け合いクーポン券です。一回なにか頼んだら、これ一枚切りとってやってくれた人に渡して下さい。その人は週末にここへ来て現金と替えます」
高義「(道治と並んで椅子に掛けている)」
道治「電球一個替えたら一枚?」

淑子「そうです」
高義「公務員だろ、分るだろ」
道治「聞かなきゃ分らないよ」
淑子「そうです。これは区役所とは無関係です。
　なんでも聞いて」
道治「だから、その、電球を二個替えたら、二
　枚」
淑子「ううん。一回の頼み事に一枚。病院の付き
　添いでも、窓拭きでも、買い物でも一枚」
道治「買い物が多くても？」
淑子「そう、一枚。これは基本ボランティアだか
　ら、魚買って洗剤買って雑誌買って下着買って
　も一枚」
道治「それはちょっと悪いような――」
淑子「いいの。本当は無料がいいんだけど、只よ
　り頼みやすいでしょう。そのための二百五十円。
　頼んだ量で、これは一枚じゃ悪いから一枚にし
　よう三枚にしようってやり出したら、どんどん
　金額がつり上がってしまうでしょう」
道治「まあ――」
淑子「だから一件二百五十円っていうとり決めは、
　裏金なしのとり決めだから、ごめんね、ありが
　とうって、いらないっていう人にも渡して下さ
　い」
高義「でも、やる人がいないんだよね」
淑子「いなくはないの。少ないだけ」
高義「そりゃあ人間の欲ってものを考えなきゃあ。
　これだけ（手をひろげ）のことをやってやって、
　これだけ（ひと握り）と同じ二百五十円じゃ、
　やり手はないよ」
淑子「それはお金本位の考え、世の中、そういう
　人ばっかりじゃないの。金銭ぬきで人の役に立
　とうって人もいるの」
高義「でも少ない」
淑子「でも確実にいるの。それが私たちの希望。
　それがこのクーポン券。あなたも希望の一人。
　ボランティア、やってよ」
高義「やってやるよ。クーポン券なしでオレは、

なんでもやってやるよ（と道治の肩を摑んでゆすり）あんたの世話は、俺がするよ」
淑子「それはそれで、いいと思う」
道治「いや、俺は、クーポン券にするよ」
高義「どうして？」
道治「合わないよ、あんたとは」
高義「それはないだろ」
道治「断ると怒りそうだからつき合ってたけど、私はあんたが嫌いだ。嫌いだッ」
高義「（突然のことで呆然と淑子を見る）」
淑子「（その高義を見ている）」
高義「人って、分んねえなあ」
淑子「（細かくうなずいてしまう）」

●キルトの家・表（夜）

三味線の音が聞える。

●キルトの家・店内

志津が三味線を弾いている。しみじみした調べ。それから、やや離れて大テーブルの上座とおぼしき席に美代がいる。タオルを目にあてて泣いているらしい。その美代をいたわるように側に掛けている清子。秀一が少しはなれて、小さなキモカワイイ置物をいつもの布で拭いている。キッチンから空が出て来る。大皿の枝豆とサヤ捨ての小鉢いくつかを持っていて、大テーブルに置く。そこにはすでに、銘々皿（めいめいざら）とそれぞれの小鉢に入った冷奴。あけていない缶ビールにグラス、ウーロン茶のペットボトル、割り箸などが置かれている。続いてレモンが、大皿二枚に盛ったバナナの天ぷらを持って現われ、続いて一枝が、三味線の邪魔をしない声で「お・ま・た・せ・し・ま・し・た」と冷奴の刻み茗荷（みょうが）とパックのけずり節を持ってやって来る。

志津「（その動きを見ていて）いいかな（とまだ音を残しながら聞く）」
一枝「はい。みなさん御飯のあとだから軽くね」

レモン「すいません。私のパートでおそい時間にして貰って」
清子「若い人がいた方がいいもの」
一枝「勝也さん。いつまでもそんなところにいないで」
美代「(泣いていたのを振り払うように)二人来ないんだから、来て来て、さっさと」
一枝「そう。はじめるわ。志津さん、ありがとう」
志津「ううん(とテーブルの席へ)」
美代「(その志津へ)ありがと」
清子「(その志津へ)ありがと」
秀一「(軽く拍手)」
志津「(軽く秀一に微笑)」
勝也「(キルトから現われ)淋しいね、美代さんがいなくなると」
美代「嘘おっしゃい。心にもないこと」
一枝「淋しい」
清子「淋しい」
秀一「淋しい」
志津「淋しい」
レモン「私とかがいうのは、図々しいけど」
美代「いいのよ。無理しないで」
レモン「淋しいです」
空「淋しいです」
美代「フフ、ありがと。息子が一緒に暮らそうっていってね」
一枝「いいじゃない」
美代「よくないの。ちょいと離れて、叔父叔母がいるもんだから、母親一人東京に置いていていいのかとかいわれてるのよ」
清子「そういうことといわないの」
美代「そうなんだもの。孫が二十三で福岡の銀行に就職して、部屋があいたからって」
秀一「喜ばなくちゃ」
一枝「そうよ」
美代「体面なのよ」
志津「それだけじゃない」

美代「嫁はね、嫁ったってもう五十だけど、いい嫁なのよ。離れてればね。この年で一緒に暮すの、ものすごく億劫（おっくう）。私はもう家族は沢山。家族のことで、いっぱい気を使うのは、もう嫌。一人がいい。一人で呑気（のんき）がいい。孤独死なんて、ちっとも怖くない。ま、死なれたら周りは、そうもいかないだろうけど」

その間に、ビールの缶をあけたり、グラスに注いだりしはじめる。

一枝「さあ、乾杯をまずね」

美代「ああ、なんか一人でしゃべってた」

清子「美代さんの会だもの」

一枝「いくらでも話して」

勝也「だったら、よしなさい」

清子「え?」

勝也「(美代へ) 嫌なら此処にいればいい」

美代「そんなことというたって」

勝也「その年で無理することはない」

美代「息子がね、はじめて一緒に暮らそうっていったの。それ断れないでしょう」

勝也「口先なんでしょう」

美代「全部が口先な訳ないでしょう。なんだかんだ、私もいう方やから、随分な喧嘩もしたけど、やっぱり母と子っていうのは特別な、なんかがあるのよ」

勝也「苦労しますよ」

一枝「勝也さん（たしなめる）」

美代「私はね、もともと大阪なの。だから年をとると西が恋しいの。ここで死ぬと思うと、どっか外国で死ぬような淋しさがあるの。いいの。息子のところで、上っ面（うわつら）やさしくて、底の方で冷たくされようと、ボロボロになろうと、それで死ぬならそれも幸せと思うとるの」

清子「分る」

勝也「だったら結構、乾杯しましょう」

美代「人をからかって――」

勝也「大阪へ行きたいといわせたかった。嫌だ嫌だで行くんじゃ悲しいでしょう」

秀一「それはお見事（と軽く拍手）」
美代「ほんとにまあ性格悪いんだから」
一枝「乾杯」「乾杯」口々にビールを一口。
レモンは水。
一枝「さあ、食べて。冷奴に枝豆。これだけはつくったもの、バナナの天ぷら。本当ならトマトピューレや玉ネギでソースをつくるんだけど、ケチャップでーす。御飯とじゃ合わないけど、ビールとならいけると思ってまーす」
秀一「こないだね（と一枝を見ていう）」
一枝「うん？　私？」
秀一「話そうと思ってここにいたら、クーポンのことで、副会長といい合いになって」
一枝「そう。いたね、あの時」
秀一「今日、ついでにっていうのもなんだけど」
一枝「なに？」
秀一「栃木の老人ホームに入ることにしたよ」
美代「やだ」
秀一「美代さんと前後していなくなるよ」
勝也「そう」
秀一「美代さんにこれあげようと思って（とキモカワイイ置物をさし出す。間にいる人がバトンで美代の前に置いてもいい）」
美代「なにこれ」
秀一「餞別」
美代「拾ったんでしょう」
秀一「汚くないよ」
美代「お気持だけいただく。いま必死で荷物減らしとるの。ありがとう。あんたのことは決して忘れません。ごめんね（と少し離して置く）」
志津「私——もらっていいかな」
美代「不細工やん」
秀一「（志津へ）喜んで」
間にいる人がいれば、バトンで志津の前に置物が置かれる。
美代「うちはそういう芸術は分らんのよ」
志津「（その置物を手にして）のんでて、食べてて。ちょっとね、スピーチ」

一枝「あら、いいじゃない」
清子「めずらしい」
レモン「(ひとり拍手。志津への敬意がある)」
志津「ついでのついでも、どうかと思ったけど
　――」
一枝「(予感して)ついでって?」
志津「しばらく――たぶん、しばらく、横浜へ行
　くの」
一枝「横浜――」
志津「コネがあってね、いい人だっていうもんだ
　から」
レモン「結婚?」
美代「まさか――」
秀一「あり得るよ。いまはあり得る」
志津「いい先生――いいお医者を紹介して貰った
　の」
一枝「悪いの?　どっか」
清子「とってもしっかりしてるじゃない」
志津「でも行くの。一日も早い方がいいって」
一枝「それは早い方がいいけど――」
美代「検査したってこと?」
志津「そう」
一枝「知らなかった。病院、教えて」
志津「いいの。私、面会、大嫌い。よれよれで寝
　巻きで、みんなに会いたくない」
レモン「これって、これって、もしかして冗談
　(と声が震える)」
空「(なにをいうか、と驚き)冗談なわけないだ
　ろッ」
レモン「おかしくない?」
空「なにが?」
一枝「なにが?」
レモン「(視線を逃れるように立上がってしま
　い)二人来なくなって、今夜また三人、バタバ
　タ五人もいなくなるなんて(秀一と目が合い)
　そんなのアリ?　ありですか?」
秀一「(なだめるように)妊娠するとね――」
レモン「妊娠のせいなんかじゃありません」

秀一「分った」
レモン「誰かが仕組んだみたいに、こんなのおかしくないですか（と勝也のところへ来て）このキルトの家をなくそうとしてるみたいに――」
勝也「（立上がって）誰も仕組んじゃいないよ」
レモン「（向き合って）そうね。そうでしょうけど、こういうのたまらない」
勝也「どうした？」
レモン「あっという間に五人もいなくなるなんて（抱きつき）津波みたい――あの津波みたい」
勝也「（抱きとめて）津波じゃない。年寄りは、こんなもんだよ。いつ誰がどうなるか分らない。見えない弾が、狙い定めずとんでいるようなもんだ。腰に当る。背中に当る。胃や肝臓や頭にも当る。胸にもな。大事な人も、いなくなる。年寄りは、こんなもんなんだ」
空「（その間に近づき、レモンの腕をつかんで引きはがす）」
レモン「（空に抱きつく）」
勝也「ほらね。年寄りは、こんなふうに引き裂かれてしまう。フフ」
笑いもない。短く一同、動かない。

●団地の道（朝）

淑子が自転車でキルトの家へ。

●キルトの家・表

自転車で着く淑子。急いで降りる。

●キルトの家・店内

淑子、ドアをあけて呆然。
キルトが一枚もない。他の家具はある。誰もいない。
淑子「おはよう――ございます」
一枚の声「（キッチンから）あ、はい」
淑子「（その方へ）」

●キッチン

一枝「（流しのあたりを洗剤を使って、掃除していて）おはよう（と笑顔）」
淑子「なにしてるの」
一枝「この辺ね、ちょっときれいにしとこうと思って」
淑子「朝、トラックが来て持ち出してるって聞いて――」
一枝「うん――」
淑子「差し押さえ？」
一枝「ううん。おとといね、キルトを見たいっていう人の電話があって立会ったの」
淑子「立会った？」
一枝「奥さんのそうしてって、いいいっていう手紙持ってたから」
淑子「あやしいじゃない」
一枝「電話したら、そうしてってって」
淑子「奥さんが？」
一枝「三人で、一つ一つ見てノートへつけたりしてた」
淑子「そして今朝？」
一枝「金額折り合ったから、キルトは全部引き取るって――」
淑子「電話した？」
一枝「そうしてって。貯金がなくなる前にお金にしておきたいからって――」
淑子「二人で病気してちゃねえ」
一枝「どうして、今朝のこと分ったの」
淑子「関心があるからよ」
一枝「キルトに？」
淑子「あなたによ」
一枝「ゴミだらけの私に？」
淑子「はっきりいって、ずーっとなにいってるのよって気持もあるの」
一枝「分ってるわ」
淑子「でも、一人一人に声をかけて、仲良くなって、若い人の役に立って。若い人に好かれるんだなんて、バカみたいなこと、実現したら、ちょっとまいるなあと思ってた」
一枝「（淑子の台詞（せりふ）の途中から、手を止めて聞いていて）終りよ」
淑子「はじめたばかりじゃない」
一枝「私も――」
淑子「うん？」
一枝「クーポン券でボランティア募（つの）って、それでお年寄りが、どんどん救われたらちょっと凄いなあと思ってた」
淑子「そこの大学に声をかけても、ほとんど集らない」
一枝「はじめたばかりじゃない」
淑子「フフ、ほんとね。二人とも、はじめたばっかりよね」
一枝「でも、どうしたらいい？　お金に困っている人から、これ以上只（ただ）でここを借りるわけにはいかない。メンバーは若い二人ぬかすと私入れても三人」
淑子「若い人摑まえただけでも凄い」
一枝「摑まえたんだか、なんだか」
淑子「もう一回いうね。は、じ、め、た」
一枝「ばっかりじゃない」
淑子「ばっかりじゃない」

二人、目を見合わせ、笑ってしまう。

●団地・情景（夜）

しんとしている。家々の灯り。

●一枝のいる棟の階段

途中で立止っている勝也。

●一枝の部屋の前

一枝、中からドアをあけ、まだかな、という思いで階段の方をのぞく。丁度（ちょうど）、勝也もドアのあいた音で、のぞいたところで、すぐ首をひっこめる。

一枝「やだ（と苦笑して廊下へ出る）」

勝也「(悪びれず大人の振舞いで）こんばんは
（とやって来る)」
一枝「おそいから（と中へ)」
勝也「こんな時間に（とドアをおさえて）いいかなと思ってね」

●玄関

一枝「いいっていったでしょう（とキッチンへ）
あ、スリッパ使って」
勝也「(入って）急に電話して無理なことをね
（以下、オドオドしたところはない)」

●キッチン

一枝「ちっとも（と紅茶の支度がしてあって、缶をあけるとか）灯り、もう、つけてありまーす
（と父のいた部屋のことをいう）ビールがあるといいんだけど」
勝也「いいや、もう用事だけで――（と現われる)」
一枝「では、まずはどうぞ（と父の部屋へ導きながら）好きなの選んで」
勝也「このあいだ見せて貰った時、いいなと思ったのがあってね」

●父のいた部屋

一枝「なんだろう。父のものに、そんなのあるかなあ」
勝也「あるさ」
一枝「やっと処分しようって気持になってたの」
勝也「そう」
一枝「何点でも選んで」
勝也「ああ（と衣服の放列の中へ)」
一枝「でも服はサイズ合わないし、貰ってもらうようなものあるかなあ」
勝也「たしか、カーディガンに」
一枝「着古しよ。しつこく同じもん着る人だったから」
勝也「あ、いや、たしか、セーターだったか、マフラーだったか」

一枝「ないない、セーターもマフラーも、人にあげるようなもんじゃない」
勝也「いや、ある。いいと思ったんだ」
一枝「ない」
勝也「ある、ある。あるんだ（と捜す）」
一枝「いいの。そんなこといってくれなくて」
勝也「いってあげてるわけじゃないよ
一枝「ありがとう。いいの」
勝也「あるんだ」
一枝「いいの。やめて。ほんとにいいの」
勝也「（手を止める）」
一枝「来てくれて、ありがとう」
勝也「——」
一枝「やっとね。やっと一人で」
勝也「——ああ」
一枝「どうして、そんなに面倒くさいの？」
勝也「老人の臆病だよ」
一枝「来て」
勝也「——」
一枝「来て、ここ（と頬）にキスして」
勝也「——」
一枝「それ以上の意味なし。嫌？」
勝也「嫌なわけない」
一枝「じゃ、来て、して（と目を閉じる）」
勝也「（ゆっくり近づく）」
一枝「（目を閉じたまま）まだ？」
勝也「すぐ。もう、すぐ（と来て、一枝の頬にキスをする）」
一枝、勝也に抱きつく。
勝也、抱きしめてしまう。

●藤棚のところ（昼）

勝也、一枝、レモンと空と清子。ベンチにかけて、アイスキャンデーを口にしている。「お、とろける」「とける」と口数少ない。

側の道を自転車がかなりのスピードで通りすぎる。

清子「あ、いまの」

一枝「そう。私も（あ、と思った）」
勝也「うん？」
清子「高義さん」
一枝「凄いスピード」
空「あの人、どうしてるんですか」
清子「自転車貰って乗り回してるって」
レモン「キルトは俺には似合わねえよって、こないだ西口でばったり」
勝也「キルトはもうないよう（と通りすぎたらしい高義に向ってのようにいう）」
高義、離れたところでターンをして、引返し始める。そのままぐいぐいと走り出す。ぐいぐい、藤棚の側を通りすぎる。
一枝の声「高義さん」
清子の声「高義さん」
高義「（その声で停る）」
一枝「知らん顔しないで」
高義「フフ、しねえよ、知らん顔なんて」
空「こんちは」
レモン「こんちは」
高義「そこにいたのかよ」
勝也「キャンデーは数しかないけど、洗ってなめるか」
高義「鯛焼き買ってあるんだ。丁度六個ね。へへ偶然だねえ」
一枝「よかった。一人増えた。六人になった」
一枝の台詞でロングショット。音楽。自転車を戻して停める高義。
頭に出なかったスタッフ、キャストが流れる。
一枝「どこ放浪してたの」
清子「こないだすれちがったの分った？」
一枝「それも知らん顔？」
勝也「性格直さないとな」
高義「そりゃそっちだろう」
などといっている。聞こえなくてもいい。

作者の言葉①

魂の話をしましょう

老人を書く機会を得て喜んで書いた。

老人となった私に、尚ドラマを書く役割があるとすれば、老人を描くことだろう。

谷川俊太郎さんの詩に、

「わたしたちのかなしみを／あなどらないでください（略）わたしたちのこころを／あなたとおなじと／おもわないでください」（「かなしみはあたらしい」）

というのがあって、これは子どもからのいい分なのだけれど老人のものでもあると思った。いや、誰もの思いでもあるにちがいない。

ひとつのドラマはいろいろな意図があって要約するのはむずかしいけれど、右の詩のような思いが底流にあった。

めったにない機会だから年輩の俳優さんになるべく多く出ていただきたいと思った。山崎努さんに松坂慶子さんをはじめとして、一人一人、実によく考えて受けとめて下さった。若い二人も、やっぱり若さにはかなわないという輝きがあった。演出の本木一博さんも冴えていた。

プロデューサーは近藤晋さんである。とうにNHKを離れているが、かつて「男たちの旅路」「獅子の時代」「シャツの店」などを共につくった仲で、私より年長だが、労を惜しまない仕事振りに改めて敬服した。

魂の話をしよう、といいながら誰もしなかったじゃないかという人がいたけれど、それぞれが心のうちを話してしまった、それがそれなのである。

時は立ちどまらない

テレビ朝日　開局55周年記念
山田太一ドラマスペシャル
２０１４年２月22日放送

制作著作　テレビ朝日

チーフプロデューサー
　五十嵐文郎（テレビ朝日）

プロデューサー
　内山聖子（テレビ朝日）
　飯田　爽（テレビ朝日）
　内堀雄三（ユニオン映画）
　元信克則（ユニオン映画）

音楽　沢田　完

監督　堀川とんこう

………

［登場人物］

●西郷家

西郷良介　中井貴一
妻・麻子　樋口可南子
娘・千晶　黒木メイサ
母・奈美　吉行和子

●浜口家

浜口克己　柳葉敏郎
妻・正代　岸本加世子
長男・修一　渡辺　大
次男・光彦　神木隆之介
父・吉也　橋爪　功
母・いく　倍賞美津子

●西郷家・庭（午前中）

築二十年ほどの新建材住宅。前庭に花壇がある。麻子がしゃがんで、その咲きかかりの小さな花の手入れをしている。まだ三月初旬である。

良介の声「（家の中から）お母さん――どごだ？　お母さん」
麻子「（小さく）ここだ」
良介「（ネクタイを締めかけぐらいの余所行き（よそゆ）の仕度で玄関のドアをあけ）なんだや。なして返事せねの」
麻子「してらよ」
良介「もう十一時だ。その格好で行く気か？（とドアを閉めかける）」
麻子「お父さん」
良介「なんだ」
麻子「向う行ってすぐ愛想（あいそ）よくばっかりしねぇでよ」
良介「愛想よくてなにが悪い。いまや娘が嫁に行ぐがもしれねぇ家だ」
麻子「でも、今日のテーマは、そうでないでしょう」
良介「なんだテーマって？」
麻子「ドア、閉めて」
良介「ドア？」
麻子「閉めて（と低いが強く）」
良介「なんだ、それ（と半ば外に出ていたのが、中へ入ってドアを閉める）」
麻子「自分が閉まって、どうするの」
良介「（すぐ開けて可笑（おか）しく）ちゃんといわねぇがらだ（と外へ出て苦笑。閉める）」

麻子「向うだってね、うちとの話をこのまま進めていいかどうか、心配してらど思うの」
良介「してるもんか、大学出て市役所につとめでる娘が、漁師の嫁になるといってるんだ。土下座して喜んでら」
麻子「少なくともこっちは、このまま結婚していいのが、どうが、心配でしょう」
良介「そりゃあ心配だけど（と中を気にする）」

●千晶の部屋

鏡の前で仕上げの化粧をしている千晶。

良介の声「（前シーンの台詞から直結で）本人が決めたっていい出したら、どうにもならねぇべや」

●前庭

麻子「（前シーンと直結で）そりゃあつぶすわげにはいがねぇけど、こっちには、私らとおばあちゃん、向うにはおじいちゃん、おばあちゃんに、両親に弟もいて、弟はともかく、両方の大人たちが、なんの考えも口にしねぇで、本人の自由にするしかないっていうのも可哀相でしょう」
良介「可哀相って――」
麻子「まだ子どもでしょう」
良介「二十四と二十六だ」
麻子「なんもわがらねぇで、大人のつもりなんだよ」

●千晶の部屋

千晶「（鏡から振りかえって、後ろで千晶を見ていた奈美に）どう、これなら」
奈美「ああ、大分おとなしぐなった」
千晶「しっかり者に見えだ方がいいんじゃないかなあ（とまた鏡の自分を見る）」
修一の声「（先行して）お母ちゃん」

●浜口家・外観

古屋だが、大きい。豊かな印象。

修一の声「お母ちゃん、どご?」

●その台所

正代「(十人分の料理の用意の真最中で)台所だ、大忙しだ。どごさいると思ってらんだ」

吉也「(今しも立派な鱒(ます)を二枚にひらこうとしている)」

克己「(ガス台の前で汁物にかかっている)」

修一「(廊下から)シャツ、シャツ(と一枚のシャツをかざして入ってくる)シャツ」

正代「シャツがなにや」

修一「これにする」

正代「すればいいべや」

修一「アイロンがかがってねえ」

正代「クリーニングに出せっていってらべや」

修一「今からじゃ間に合わねぇ」

正代「んだば、他のにしろ」

吉也「(鱒をひらいて)どうだ、この色」

正代「ウワー、きれい。お父ちゃん、きれい、見て見て」

克己「俺が五時起きでとって来たんだ」

正代「それでも見てよ。いい色よ」

吉也「ああ旬(しゅん)の鱒だ。真鱒(まます)(または、さくら鱒)」

修一「今日はオレが主役だべ。気に入ったシャツ一枚着られねぇのがよ」

正代「おばあちゃんさ頼んでみろ。やってくれるよ」

修一「くれないよ。この縁談は反対だって、手伝わないって」

●座敷

修一の声「(前シーンから直結で)とっくに一人でいい格好して座ってらよ」

仏壇と少しずらして畳にスチールの椅子が二つ置かれ、その片方に和服をきちんと着たいくが座っている。
それに三脚を立てたカメラで向き合っているのが光彦である。

光彦「じゃ、もう一回行くよ」
いく「（撮られる顔になる）」
光彦「今度は笑おうか」
いく「自分の葬式で笑えるか」
光彦「いいおばあちゃんだったって、いわれるよ」
いく「真顔（まがお）がいい」
光彦「厳粛なのはもう四枚撮ったんだから」
いく「いま時四枚がなんだ」
光彦「行くよ、じゃあ」
いく「（その顔になる）」
光彦「（パシャと撮る）」
いく「みんなはなにをしてら」
光彦「仕度だよ、向うが来るから」
いく「全員がいい格好して揃うなんて、めったにないがら、家族一同の写真を撮ろうっていってらのに」
光彦「忙しいんだ、みんな」
いく「お前（め）はなにしてる」
光彦「オレはだから、おばあちゃんを一人にしとけないから相手をしてろって、お母ちゃんが」

●台所

働いている正代。

いくの声「このうちはお母ちゃんがなんでもやるがら、男どもはたるむんだ」
修一「お母ちゃん、このシャツ、どうしよう」
克己「（カッとなり）ジャージでいい、ジャージで出りゃあいい」
正代「なに怒ってらの、朝からずっと」
克己「うるせえッ（なにかあるらしい）うるせえ（と小さく）」

●西郷家の車内

走行中。坂を下って行く。運転は良介である。

良介「うん？（余所行きの服装）」

麻子「（隣にいて）ほら聞いてない。聞いてなかったでしょう」
良介「この坂は厄介なんだ」

●坂の途中

西郷家の車、停ってしまう。

●車内

麻子「なに？　停っちゃうの？」
千晶「（後部座席に奈美といて）停らなくていい」
良介「そうでないよ」
麻子「なに？」
良介「まだちょっと行くの早いがと思ってな」
麻子「（時計を見て）十六分前」
千晶「五分もあれば着くけど――」
麻子「早すぎるってことはないでしょう」
奈美「丁度いいべや」
良介「そんだな。丁度いいよな（と車を出す）」
麻子「どうしたの？」

●坂道

西郷家の車がおりて行く。
良介の声「（前シーンと直結で）どうもしねぇさ（ちょっと狭いか道が悪いか揺れながら行く）」

●浜口家・座敷

昼のお膳の仕度はできていて、それを少しカメラのために脇に寄せてある。

光彦「（カメラのタイマーを押し、家族一同がもう客をむかえる服装で、修一もアイロンをかけたシャツで、並んで二つあった椅子には吉也といくが掛けている、その端に加わり）はい　みんな一番いい顔をして」

一同、いい顔をする。いい、いくも。シャッター。

次のシーンの両家の笑い声。

●同じ座敷（時間経過）

昼の宴席。西郷家・浜口家の一同、笑っている。いくだけは憮然。

吉也「アリャアリャリャ、あの酒、おい正代、っていうのさ（正代を指す）」

正代「のんじまったよ、おじいちゃん」

吉也「これだよ。いや、しかし、こっちにかくした四合（しごう）瓶は、まだ半分はあったはず」

正代「いただきました」

吉也「パターッとうぢから酒が一滴もなぐなった」

光彦「酒やめなきゃ死ぬっていわれたんだから、おじいちゃんは」

吉也「しかし今日はこちらさビールぐれぇは」

良介「車でーす」

吉也「いいのかァ？　なんも出さんで」

麻子「（ウーロン茶のコップをかかげて）いいでーす」

吉也「クーッ」

正代「私が一人でいってるんでねぇよ。うしろにおばあちゃんがドーンと控えでらし」

良介「これはおっかない」

修一「おっかない」

いく「（憮然としている）」

光彦「（みんなの笑いに合せなよ、という気持で）おばあちゃん、怖すぎ」

良介「いえいえ、一家にはね、こういう人がいなきゃいけない、きっと、たぶん、ハハ」

いく「（ニコリともせず）私はな」

正代「どうした？　おばあちゃん」

いく「――」

修一「なに？　おばあちゃん」

奈美「なにか――？」

いく「いえ、私はな、この娘さん（千晶）と、長男の修一が、結ばれることを、心から喜んどる」

吉也「そうは見えねぇなあ」

正代「なにかいいたいんでしょう。お母さんのいうことは大抵正しいから、いってみて、どんどん」

奈美「はい、いって下さい、なんでも」
いく「(良介を指し) 銀行に勤めるお父さん」
吉也「信用金庫だ」
正代「同んなじだ。立派な支店長さんだ」
良介「いいえ、立派なんてごどはまったぐありませんが」
吉也「立派でいいんだ、立派で」
いく「大学を出て市役所に勤めでら娘さんが (千晶を指す)」
正代「一人娘さんだよ」
いく「漁師の嫁さなってもいいといってくれだ、と」
千晶「はい」
いく「けど、一点、条件があるんだべ」
麻子「はい、そのように本人が、いってます」
千晶「はい」
いく「ちゃんといってみで」
吉也「そんな話はな、徐々に徐々に」
いく「ごまかせばいいのが」
吉也「いってねぇべさ、そんなごと」
いく「ただ一つの条件なら、冗談いうめぇに、とり上げるべきだべ」
吉也「組合か？　ここは」
千晶「私は、結婚前の腰掛けで市役所に勤めでるんじゃないんです」
正代「政経学部だもんねぇ」
千晶「はい。まだまだ市役所も、女の役割はすぐなくて(少なくて)——」
修一「力をためて、行ぐ行ぐは、市会議員から、県会、国会まで、行げれば行ぎたいっていってらんだ。話聞いでれば、男よりよっぽど、いろいろ考えてらんだ。はっきりいってオレは、びっくりしてら。ちょっと尊敬してるところがある」
千晶「そんな——」
修一「そんなじゃね。だがら、オレは、その条件は当然だと思ってる。きれいだし、当りが柔らかだがら、それだけの娘だど思ってる者も多いけど、これは只もんでねぇ。大物になるがもしれねぇと思ってる」
吉也「それが惚れだってこどだ」
いく「だったら、うちさ来るごどはねぇ」
正代「おばあちゃん」
いく「漁師の嫁は、亭主を海へ送り出し、家を守って、船が帰るころには、赤ん坊おぶって〝浜迎え〟に出で、今日はよがった、今日はとれねがったねぇと、二人で一喜一憂するのが漁師ってもんだ」
正代「それはちがうよ。お母さん」
いく「なにがちがう」
正代「お母さんは、そうして来た。私もそうして来た。だけど、この人（千晶）の条件聞いて、ああ、そういうことという女が出て来たが、と。面白い。やって貰おうでねぇが、みんなで支えで、このうぢから、県会でも国会でも出て行くような嫁、つぐり上げようでねぇが、と思ったよ」
麻子「ほんとに？」
良介「そりゃあ驚いたな、いい出した方が驚いちゃいけないけど――」
千晶「（正代に）ありがとうございます」
正代「ううん。おばあちゃんの気持も分る。おじいちゃんの気持も分るよ。若いうちは、夢みだいなことを考えるもんだ、でも、世帯持てば、そんなわげにはいがないことが分ってくる。だから、フンフンて片方の耳で聞いといて、一緒にしちゃえばいいんだって、そうだよねぇ、おじいちゃん」
吉也「身も蓋もねえごどを――」
正代「でも私は、とってもいいと思った。面白い嫁さんが来るぞ、とわくわくした。絶対に応援して、本物にしてやるぞって、心から思ったの」
千晶「嬉しい。とっても嬉しい、です」
光彦「じゃあもうあとは、食べながらってことに――」

いく「克己」
克己「なに？」
いく「なんで黙ってら、女房が勝手に盛上っとるのに、なんで一言もいわん」
克己「いい」
いく「いいごどがあるか。長男の修一の縁談だ。本来なら、お前が仕切る立場だろが」
正代「この人は、こういうことは苦手だすけぇ」
いく「それだけでない（と克己から目を離さず）なにがいい分があるはずだ」
正代「いい分ってなに？（と克己を見る）」
いく「あるならいってしまえ」
正代「ああ、だったらいった方がいい」
麻子「はい。なんでもいって下さい。ねえ（と良介を見る）」
良介「うん？」
麻子「なんでもいって貰った方がいいでしょう」
良介「ああ、フフ（ちょっと笑ってみせる）」
麻子「なに？」
正代「なにか？」
良介「いえ、たぶん、きっと、浜口さんも、いいそびれてたんじゃないかな」
麻子「なにを？」
克己「（目を伏せている）」
良介「（高台の方を指して）浜崎中学の同級生なんです」
正代「そうなんだ」
良介「私は、親父が電力にいて、二年の時にここへ来たんで同級だったのは一年半ぐらいですけど、娘からお宅の話を聞いても、このあたり、浜口さんは多いから」
正代「多い、ほんと」
良介「あの浜口さんか、と気がつくまで時間がかかって、今更いい出すのも、なんか隠してだったみたいで」
麻子「うっかりしてだったたっていえばいいことでしょう」
正代「（克己に）お父ちゃんも、そうだった？」

克己「――」
吉也「そりゃあ、そういうことはあるよ」
修一「四十年近くたったらなあ」
千晶「うん」
正代「そうなの？　あんたもゆっくり、気がついた？」
克己「そういうことだ（と笑顔をつくる）」
正代「バガらし。なに人見知りしてらと思ったら」
いく「バガらし」
吉也「子どもだ、まだまだ」
良介「相すみません」
光彦「じゃあもうここらで、食べはじめねば」
正代「食うことばっかいうな」
光彦「誰かが言わねば、刺身がどんどんパサパサだ」
吉也「ほんとだ」
正代「ええ、はい。さあ、みなさん、お箸をとって下さい。朝、五時に海へ出て、うちの亭主がとって来た鱒です。そりゃあもう、川をのぼって来る鮭なんかとは比べもんにならねぇ、三月の海の鱒です。（いくに）おばあちゃん、ごめんね。この結婚は、うんといいものになるよ、みんなでいいもんにしようよ」
麻子「いただきます」
良介「いただきます」
千晶「いただきます」
奈美「いただきます」
正代「いただきます」
修一「いただきます」
光彦「いただきます」
いく、黙っている。それを吉也、見て、
吉也「いく？」
一同、いくの顔色をうかがう。どう考えているかわからない表情。と、笑って、
いく「どうぞ。どうぞ、あがってけで」
一同「（ほっとして全員で）いただきます」
克己「――（両手合せる）」

●港の海

おだやかな港の昼。

麻子の声「二〇一一年、平成二十三年、三月六日の日曜日でした。静かな、おだやかな海でした。そして、五日あとの三月十一日の金曜日、午後二時四十六分。あの地震。そして続くあの大津波がやって来ました」

音楽でも衝撃音でも、ドドンとあって――。

映像は静かなままで――。

●西郷家・表（夜）

三月十一日の深夜。前庭に石油缶二つに拾い集めたような木を燃やして寒さをしのいでいる男たち。停電で他に灯りはない。思いがけないほどの人数が黒々といる。花壇も踏んでしまっているらしいが、暗くてよく見えない。疲れ切った光彦が、暗い坂をのぼって来て立止る。

焚火の灯りを見て、荒い息でその方へ歩きかけて、なにかにちょっとつまずく。その気配で、焚火に向っている中年男が光彦を見る。

焚火の中年男「へぇれ。さみいな」

光彦「――はい（とその男の横へ）」

他の数人が少し動いて場所をつくる。

光彦「すんません（と火に手をかざす）」

焚火の中年男「どごの人？」

光彦「浜です、ずっと下の」

焚火の中年男「やられたが？」

光彦「全部持っていかれて。なんも――なんもないです」

焚火の中年男「人間は？」

光彦「兄ちゃんが――」

焚火の中年男「やられたが？」

光彦「はい。他の家族もわがらねぇで――」

焚火の中年男「ああ、おらだぢも随分捜した」

中年女「（暗くて男女が分らなかったが、声で）捜したよ」

光彦「はい」
麻子「（もう一つの焚火の石油缶の傍で、空の魔法瓶とその蓋を持って）あれ、光、彦、さんだよねぇ（と来る）」
光彦「こんばんは」
麻子「暗いのに、よく来れだねぇ」

●玄関（短くとんで）

麻子「（ドアをあけて、小声で）さあ、入って（と上り框に置かれたつけっぱなしの懐中電灯をとる）」
その框にも毛布をかぶって寝ている老婆らしい人がいて、その先の廊下にも歩くスペースを残して、女性、母と子らしき人たちが、台所などにも寝ているのが見える。光彦、履き物だらけだが一応揃えられている土間に足を踏み入れる。

●廊下（短くとんで）

麻子「（奥に向いながら小声で）こっち（と電灯で光彦の足元を照らす）」
光彦「（口の中で）はい」
麻子「（奥の奈美の和室のドアもしくは戸襖を音をおさえてあけ、来た光彦に）入って（と先に入る）」

●奈美の和室（短くとんで）

ずっと懐中電灯というのもつらいので、たとえば非常用の電池でつくランタンのようなものをほどよきところに置いて、麻子がつける。
懐中電灯は消す。
光彦「（ドアを音をおさえて閉める）」
麻子「（声は小さく）この部屋以外は逃げて来た人は誰でも入って貰ったの」
光彦「（一つだけのベッドで毛布にくるまっている人を指す）」

麻子「おばあちゃん。さっきまで、いろいろして
　くれてた」
奈美「坊やね（と光彦を見る）」
麻子「起ごしたぁ」
奈美「眠れねぇのよ（と起き上り出す）」
光彦「行くとこ、ねぐなって」
麻子「もっと早ぐ来てくれると思ってだ」
奈美「お家、流されだようだね」
光彦「はい、全部」
奈美「全部——」
麻子「港はなにもかもやられたって聞ぐばっかり
　で、停電でテレビはつがないし、さっきまでラ
　ジオは聞いでだったけど——」
奈美「ここらのことは、少しばっかりで」
麻子「お兄さんが、やられたって、いま、ちょっ
　と聞いたけど」
光彦「はい。それはあの会ったっていうか」
奈美「会ったって——」
麻子「怪我だけ？」
光彦「いえ。もう死んでて、缶詰工場の倉庫に運
　んでくれた仲間がいて——」
奈美「千晶は知ってらのがなあ」
麻子「こんなことがあるなんて」
奈美「お嫁に行くばっかりだったのに」
光彦「千晶さんは？」
麻子「市役所。泊り込みだって言伝があった」
光彦「お父さんは？」
麻子「信用金庫は上の町だったから、大丈夫で、
　あとはもう救援だっていって——」
奈美「お宅へは、真先に行くっていってね」
麻子「まだ帰って来ね」
奈美「何時？」
麻子「一時十七分」
奈美「携帯は通じんていうし——」
麻子「聞くの怖いけど、あなたは、どうして、一
　人で、こんな時間、こごに来たの？」
奈美「お家の人は、どこに？」
光彦「どごにもねぇで——」

奈美「どごにもって――」
麻子「わがらねぇべさ、今日の今日じゃあ」
光彦「明日もそりゃあ捜すけど――」
麻子「まだ、どこで何があったかもわがらね。きっとどこかに、いるはずさ、きっと」
奈美「余震だ（と気がつく）」
麻子「まただ」

かなりの余震。
近くの部屋から「もうやだ。あーッ、あーッ」と若い女の声。「騒いだらだめだ（わがね）」と中年の女の声。赤ん坊の泣き声。「大丈夫だ、強ぐないッ」「立たんで」「静かにッ」などの声。麻子、光彦、奈美。身を寄せ合ってしまう。「あーッ、あーッ」と歎きの女の声。

●別浦市役所近い道（深夜）

停電。駐車する車も多い。
荷台いっぱいに人を乗せた軽トラを、消防団の法被（はっぴ）を着た三人ほどが、懐中電灯を振って停める。

消防団員「どごさ行ぐの？」
ドライバー「市役所」
消防団員「市役所はもう満杯だっけよ」
ドライバー「曲がり松崎から来た」
消防団員「車通れだ？」
ドライバー「歩（ある）って来ただ、車は恩田（おんでん）からだ」

その会話の脇を、ショルダーを肩にした良介が徒歩で、ちょっと消防団員に会釈しながら市役所へ急ぐ。

●別浦市役所の玄関スペース

入って来る良介。人がひとり通れるくらいの通路スペースを残して、同じタイプの毛布にくるんで廊下に眠っている人々。その間に壁を背負って椅子に掛けて眠っている中年の男性職員がいる。ハッと気配で目をあける。
良介、その職員とは顔見知りで、仕草で「あ、

ごめん。あの、うちの娘は？」と聞く。男性
職員、「この奥、曲るといいます」というよう
な仕草。

●奥の廊下

そこにも床に毛布で寝ている人たち。
その端で椅子に掛けてコートを着て眠ってい
る千晶。
良介「（その姿を見て立止る時があって、その方
へ）」
千晶「（眠っている）」
良介「（千晶の肩に手を触れる）」
千晶「（ピクッと目をあけ、父を認識）」
良介「（小さく）どごか、話せないか」

●ガス台のあるスペース

狭い。
千晶「（眠いが気を張って振りかえる）」
良介「おそぐなってしまった」
千晶「（腕時計を見て）もうじき三時が」
良介「来られねくてな」
千晶「いいのに――」
良介「（ショルダーをあけながら）横にもなれね
ぇのが？」
千晶「床、毛布ないと寒いんだよ」
良介「毛布ないのか？」
千晶「職員のも、配ってしまった」
良介「（ウーロン茶の小振りのペットボトルを出
し）一個だが握り飯も持って来た」
千晶「これだけでいい（ウーロン茶をとる）」
良介「腹、減ってらべ」
千晶「私だけ食べでるの格好悪い」
良介「朝でもよがったんだけどな」
千晶「うん」
良介「やっぱり、知らせたくてな」
千晶「うん（予感が走る）」
良介「聞いてらが？」
千晶「なに？」

良介「修一くんがな」
千晶「うん――」
良介「すぐ発見されて北斗罐詰の倉庫に運ばれて」
千晶「うん――」
良介「安置されとるということだ」
千晶「うん」
良介「他の人の安否はわがらね」
千晶「うん」
良介「修一くんは、消防団員だったがら、身ひとつで素早く逃げるというわけにはいがねがったのかもしれん」
千晶「わがった」
良介「(反応が軽いので) いいが。彼は、生命(いのち)を落してしまったということだぞ」
千晶「わがってらよ (と行きかけ) あ、お握りも貰っとく。トイレで食べる。フフ、フフフ (と苦笑していなくなる)」
良介「――」

●別浦市役所の表

さっきの軽トラから、声はあまりなく、道へ次々とおりる避難の老若男女。それを手助けするドライバー。

ドライバー「行ぐとこ、ここしかねぇがら」

●漁港 (昼)

おだやかな海。しかし、震災・津波のあとで、堤防に漁船がひっくり返っている。

●津波のあとの街

まだ道路のあたりの瓦礫(がれき)がやっととりのぞかれただけ。使用可能なら、当時の写真のあまり場所を特定できない数点でも――。

●ある体育館の表 (昼)

タイトル『十六日後――』

避難所になっていて、表に食べものの分配を待つ列ができている。ハンドスピーカーを持った係員が、たとえばサンドイッチの入ったケースをテーブルの上に積み上げて「えー、牛乳パックがまだ約半分しか届いておりません。人数分届いてから、コッペパンと一緒にお渡しいたします。すいませーん」

その列の横を光彦が、折りたたんだ段ボールを三枚ほどかかえて中に向っている。そのあとに続く良介、麻子、千晶、奈美がそれぞれ必要品と考えた物を紙袋や、タオルケットや、枕などを提げて続く。

●体育館の入ったあたり

ちょっと怖いような風体の二十歳ぐらいの青年・加島が、入って来た光彦の方へ歩いて来たところで――。
加島「おい、光彦」
光彦「あ、こんちは」
加島「やろうと思ってだんだ。ほれ（とポケットをさぐり）単三だ」
光彦「あ、電池」
加島「（二本の単三を出し）ほれ」
光彦「いいんですか（と貰う）」
加島「いいって。お互いさまよ（と行ってしまう）」
光彦「どうもでーす」
その間、良介一家は立止っていて。
光彦「あの人、急にやたらいい人になって」
良介「津波で？」
光彦「（うなずき）家と母親とばあちゃんがやられて」
麻子「同じじゃない」
光彦「こっちは兄貴もだけど――」
千晶「（小さく目を伏せる）」
麻子「ほんとに、いつ誰になにが起るか分らないねえ（通りすぎる人がいる）」

●側面の廊下

小学生が数人、大声でなくふざけている。

その向うに立っている克己。

光彦「(父に近づきながら) 車入れねぇがら手間かがった」

克己「(良介へ) 何度もありがとう」

良介「今日は家中で来たけど――」

麻子「おじいちゃんに会えなくてもいいんです」

克己「我儘いうて (と一礼)」

奈美「御遺体がお二人とも一緒に――」

克己「ええ。女房と婆ちゃんと、仲悪いのが手をつないで、泥の中から」

光彦「(急に別人のように) 泥の中までいうことはないだろ (と低くトゲトゲする)」

麻子「ううん (なだめたくていう)」

克己「フフ、空からね、天女のように、キレイキレイに舞いおりで来た (カッとなり) とかいえばいいのがッ」

良介「そんな――」

小学生たちが固まっている。

克己「(その方へ) ごめんな」

小学生の一人が、かぶりを振って、みんなで走り去る。

奈美「お疲れね」

麻子「ほんと――」

克己「いえ――」

良介「せめてっていうか、お線香とか」

克己「いや、そういうのは、はじめると、いろいろ来るだろうし、うちだけのことにさして貰って、へたりこんどるから」

克己が出て来たと思われるドアがあって、中学二、三年の男の子が、荒々しくとび出して来る。同時に、そのお婆さんが「竜太、竜太」と追って出て来る。

中学生竜太「なに、ばあちゃん」

婆ちゃん「(声は元気だけど、ステッキをついて、しかし、動作はテキパキと) 七人じゃねえ、八人だッ」
竜太「パンと牛乳は嫌いだってずーっといってだったべ」
婆ちゃん「他になぎゃ食うよ」
竜太「食うなら、いうな。嫌いだっていうなッ（と走り去る）」
婆ちゃん「竜太（と追って行く）」
その二人に道をあけるようにした六人。
光彦「（二人が出て来たドアを見て）おじいちゃん（と気がつく）」
吉也「（疲れているが、案外の笑顔で）おう（と六人とは目をはずして来る）」
良介「こんにちは」
麻子「こんにちは」
千晶「こんにちは」
奈美「こんにちは」
吉也「（千晶の前へ来て）あんたには会わねばなんねと思ってだったが――」
千晶「あ、いえ――」
吉也「気の毒でな――」
千晶「そちらこそ、三人も」
吉也「行ぐぞ（と玄関の方へ）」
克己「どこさ？」
光彦「これ、どうするの。みんな持ってる（と四人のことも気にする）」

●小さな地蔵堂

道端にあるだけ。しかし、買ったのではない花束が、ちょっと驚くほど沢山あげられている。
吉也「（地蔵さまに手を合せ、ついて来た良介、麻子、千晶、奈美、克己に）あそこは、中も外もいつでも人がいで」
麻子「静か（みやげはもう持っていない）」
吉也「（奈美に）座るところがないが」
奈美「大丈夫、私は」
千晶「ハンカチ敷きましょうか（と吉也にいう）」
吉也「俺は一日ころがっとるから、運動や。ハハ」

奈美「ほんとねえ」
良介「みんな立ってます」
麻子「立ってまァす」
千晶「はい」
克己「なに?」
吉也「(それにはこたえず)向う側(体育館の玄関の表というつもりで)は、下手をすると海が見える」
麻子「はい」
吉也「海はいいが、その手前は見だぐねえ」
奈美「はい」
吉也「うちのあたりは、頭の中だけ、もとのままで置いでるんだわ。ハハ」
良介「はい(うなずく)」
克己「で、なに?」
吉也「(千晶に)あんた、どうしてる?」
千晶「はい——」
良介「いいや、本来なら修一くんを亡くしてショックで動けないところですが」
麻子「市役所なもんで——」
奈美「大忙しで——」
麻子「寝に帰るのがやっとで」
良介「津波からもう十六日たってるのに、まだ孤立してる地区もあるし、行方のわがらねぇ人もいくらでもいるし」
麻子「休めと言われても休まないでいたようで」
千晶「することがある方が助かるんです」
吉也「ああ、そうやって、早く、あいつのことは忘れてくれや」
千晶「忘れません」
克己「じいちゃん(とたしなめる)」
吉也「なにが悪い」
麻子「簡単にはいかないでしょうけど」
千晶「忘れません」
吉也「まあそれは急がねぇでいいが、親父さんたちに、頼みがある」
良介「はい」
麻子「なんでしょう」

奈美「なんでも――（お役に立ちます）」
吉也「この避難所に入った日、旦那（良介）には一度会った」
良介「はい」
吉也「あとは、俺は、奥さん（麻子）にもお母さん（奈美）にも千晶さんにも会わねがった」
麻子「分ります」
奈美「お疲れだし」
吉也「こいつ（克己）か、孫が――」
光彦「（丁度おくれて小走りに来たところで）うん？」
吉也「下さるものは、ありがたく貰った」
良介「日用品ばかりです」
吉也「すまねが、このつぎ合いは、今日までにして貰いたい」
光彦「なにいうの（と吉也から克己を見る）」
克己「――」
良介「それはまた（と当惑）」
吉也「お互い、あの日一回会っただけだ」
麻子「それはそうですけど――」
良介「ただの知り合いじゃありません」
奈美「はい」
良介「親戚になる寸前だったんです」
吉也「しかし、ならねがった。当人が死んでしまった。そうなりゃあんたらに残るのは義理だけだ。一度会ったおらだぢに情が湧くわげがない。もう、義理でいろいろしてくれるのは、やめにして貰いでんだ」
良介「それはちがいます。浜口さん、それはちがう」
吉也「はい、そうですか。はい、そうですか、というしかない。こっちはなんにもない。ありがとう、ありがとうというしかない。体育館よ、ありがとう、三度のめしよ、ありがとう、パンツもタオルもありがとう、段ボールもありがとう。なにしろこっちはなんにもない。ありがとうというしかない。網(あみ)もロープも船もサッパも旗も法被(はっぴ)も背広も仏壇も、畳も玄関も車も風呂場も女房に嫁に孫までいない。それ、俺のせいか、息子のせいか」
良介「せいじゃありません」
吉也「津波のせいだ、文句もいえねぇ」
良介「こっちも同じです。そちらは、三人もいちどきに亡くされた。家も跡形もない。俺ンとこはどうです。俺ンとこは、母も女房も娘も私も怪我ひとつしねえ。家は高台で会社までは波も来ねぇで、娘も無事で、なんもひどい目に遭ってません」
麻子「修一さんが亡ぐなったのよ」
千晶「――」
良介「そうだけど、こいつ（千晶）は、ありがたいことに生きています」
麻子「なにをいい出すの」
良介「不公平だべ。だがら、なにが役に立ちたいんだ。気持の始末がつかねぇんだ」
光彦「やってらよ、あの夜だって」
良介「いやあ」
光彦「あの家に何人泊めたかわがらねぇし、そのままいる人もいるって――」
麻子「ううん、終ったの。みなさん、避難所にもう」
光彦「お婆さんだって大変だったし（千晶を指し）市役所は、もっと大変かもしれねぇし」
良介「でもでも、それは誰だってやらずにはいられねぇこどです。そのぐらいでは、奥さんも嫁さんも御長男も亡くされた浜口さんに比べて、なんだか自分の無事が後ろめたいんです。今日で終りにしたいなんて、いわないで下さい」
吉也「（地蔵の方を向いてしまう）」
良介「お役に立ちたいんです」
麻子「それは、私も――」
千晶「私もです」
奈美「私もですよ」
克己「親父は、人の世話になるのがいやなんだ」
良介「それは分るけど、礼とかいわなくていいんです。やれといってくれればいいんです。威張っていてくれればいいんです」
吉也「折角（せっかく）だがらな（後ろ向きのまま）」
麻子「はい」
良介「はい」
吉也「今夜一晩、泊めて貰おうか」
克己「そんなごと、いうごとはねえ」
良介「いいですよ、大歓迎ですよ」
麻子「はい、喜んで」
光彦「よそに泊るのいやだべ、じいちゃん」
奈美「体育館もよそでねぇの」
良介「そんだ」
光彦「どこも、よそばっかりだ。ハハ」
吉也「（地蔵と向き合ったまま）」

●車から見た海（夕景）

可能なら、海の手前の瓦礫の土地も。

●西郷家の車の中

良介が運転。横に克己。後部に吉也と光彦。

光彦「じいちゃん、浜見えた？　見えたべ？」
吉也「（正面を向いたまま）見ても見えん」
光彦「ケーッ（頑固）」

●登って行く車

良介の声「すんません、夕方になってしまって」

●西郷家・表

車が入って来て停る。

●車内

吉也「西郷さん」
良介「はい」
吉也「勝手いうようだが――」
良介「いえ、どうぞ、勝手いって下さい」
光彦「なに、今ごろ」
克己「――」
良介「なんでもいって下さい」

玄関から、千晶、奈美、麻子が歓迎するつもりで出て来る。
吉也「オレは、あんたらに囲まれて夕飯を食いだくね」
良介「分りました」
吉也「足ばのばしてぇ。勝手にしてぇ」
良介「分りました」
千晶、麻子、奈美、並んでにこにこ「いらっしゃいませェ」。

●二階への階段

二階の夫婦の部屋の閉まったドア中から、「ウーッウーッ（と吉也の唸り声が聞えてくる）」
階下から上を窺うように顔を出す千晶。あーッという克己の声。千晶の後ろから麻子がのぞく。
良介「（その後ろから二人をひっぱる）」
麻子「（ひっぱられて）なんだろう」
千晶「どうしよう?」
良介「いいんだ。ほっといてくれっていってらんだ」
奈美「ナメロウが当ったかねえ」

●夫婦の部屋

ほぼ食べつくした夕食の膳。吉也、克己、光彦。
吉也「（光彦に）お前も唸らんか」
光彦「そういうのは俺は――」
吉也「なにが俺はだ。お母ちゃんが死んだんだぞ。あのお母ちゃんが二度ともういねぇんだぞ。ばあちゃんも死んだ」
克己「そんだ、ばあちゃんも死んだ。修一も死んだ。ボロボロ死んだ」
光彦「わがってらよ」
吉也「大声でわめいたことがあるか。泣いて騒いだことがあるか」
光彦「ねぇけど――」
克己「いっつも人がいで、涙も見せられねえ」

吉也「思いっきり泣け、いや、泣かなくてもいい。大声でわめけ。アーッ（と奇声をあげる）」
克己「正代ッ、正代ーッ」

●階下

光彦の声「お母ちゃーッ」
麻子「ああ、悲しんでる」

●夫婦の部屋

吉也「あーッ、あッ、あッ、あー（と身もだえする）」
克己「修一、修一（と畳を叩く）」
光彦「婆ちゃ、お母ちゃーんッ」
吉也「（膳の上のたとえば急須を窓にぶつける）」
ガラスが割れる。克己も、皿をぶつける。割れる。
光彦もひきこまれて、ウーッとちょっと丼じゃなくて小皿にするためらいあって、窓に叩きつける。

吉也「克己（膳をひっくり返せと仕草）」
克己「あーッ、あーッ（と涙が溢れて、お膳をひっくり返す）」
ガラガラッと散乱する食器。
良介「（ドアをあけ）なにするんですか」
吉也「なにするんだと？」
良介「なんですか、これ」
吉也「いってやれ、克己（といいながら、尚なにかを壁に叩きつける）」
克己「津波に比べりゃあ、このぐれぇがなんだ」
良介「そりゃそうだけど――」
吉也「無事がつらいといった。津波に遭わんのがつらいといった。こっちの身にもなれっていった」
良介「それはちがう。なにかをさせて欲しいといったんです。じゃないと気持がすまないって」
克己「気持がなんだ。そっちの気持がなんだ」
吉也「そうだーッ（とまた丼かなにかを壁に投げつける）」

克己「浜のもんはな。浜のもんは、気が荒いんだ（となにかを投げる）」
光彦「あーッ、お母ちゃッ（となにかを叩きつける）」
吉也「行ぐぞ、おめえら（と入口に立った良介を押す）」

●階段の上

良介、よろける。吉也、素早く階段へ。続いて克己。

●玄関

吉也、自分の履き物をとり、はこうとする。続いて克己、続いてドドッと光彦。固まって見ている麻子、奈美、千晶。
吉也「（ちょっと靴をはくので声が出なくなったのに気づき）オーッ（という）」
克己「オ、アッ、オーッ（と靴をはいている）」
光彦「アーッ（と泣き声のようになる）」

●表

吉也「（外へ出て来て）いいか。このくらいで驚くなッ。いい顔するなッ」
克己「アーッ（とやっと靴をはく）」
光彦「オーッ（と靴をはく）」
良介「（すぐ追って出て来て）いま、車出しますッ」
吉也「バガか、お前は」
克己「オーッ」
吉也「二度と、二度とオラだぢに近づくんでねえ（と坂へ）」
良介「（呆然と立っている）」

●坂

吉也「修一ッ（悲しみの咆哮。かけおりる）」
克己「正代ッ（悲しみの咆哮。かける）」
光彦「おばあちゃんッ（悲しみの咆哮。かける）」

●西郷家・表

　良介、立ちつくしている。

●浜口家のある仮設住宅（昼）

　七月。暑い。しんとしている。
　タイトル『その七月』
　千晶がパラソルをさして、歩いて行く。
　浜口家が見える所で立止り、それから迷わずに、家の前まで行く。
　風が通るように、ドアがあいている。
　入ったところがすぐキッチン。入口の靴脱ぎに腰をおろして、携帯をいじっている光彦。
　シャツに短パン。
光彦「（外に立つ人を見て、あ、となる）」
千晶「（生真面目に）こんにちは」
光彦「――はい（と一礼）」
千晶「ひとり？」
光彦「あ、いいえ、父親はいます。じいちゃんは歯医者だけど――お父ちゃ。起きろ。父ちゃ」
千晶「（パラソルを閉じる）」
光彦の声「西郷さんの千晶さんだ」

●仮設の浜口家・一室

　四畳半二間とダイニングキッチンが三人仕様である。
克己「（一応開襟シャツに袖を通したぐらいで冷房のリモコンをつけ『強』にしたりしながら）天井が薄いがら、つい一日冷房つけとる」
千晶「（キッチンとの境あたりに立っていて）つけないで下さい」
克己「いやあ、つけねばいらんねぇよ」
光彦「（大きめの実用本位の盆に、コップ三つを置いて、冷蔵庫から水を出して注ぐという工程の中にいて）いられん、いられん」
克己「（折って枕にしていたらしい座布団を出し）あ、座布団はいらねぇがもしれんが」
千晶「いりません」

克己「あれ以来だね（ここらへ、どうぞの仕草）」
千晶「はい。二度と近づぐなっていわれで」
克己「そんだね」
千晶「怖がったし、すいません（と座って一礼）」
克己「こっちもそれっきりで（シャツのボタンをはめる）」
千晶「仮設がこちらなのはすぐ知ったんですけど」
克己「来れねぇよなあ」
千晶「父も母も祖母も、どうしたもんかといいながら、あのままになって」
克己「当然よ」
千晶「勤務も自衛隊の方だったんで」
克己「自衛隊との連絡？」
千晶「はい。使い走りです」
光彦「（盆にコップ三つの水を運んで来る）」
克己「水かよ」
光彦「なんもねぇもん」
千晶「水がいいです。私、あれ、どういうことかって、ずっと考えていました」
克己「あれって？」
千晶「みなさんが、ドシン、ガチャン、ドドーンて」
克己「いずれ弁償せにゃあいかんと」
千晶「いえ、そんなこと、誰も考えていません」
光彦「発散したかったんや。よく眠れねがったし」
克己「それだけで、大の大人が、あんたなごとしねぇよ」
光彦「普通でながったから」
克己「じいちゃんは、はっきりいってだった。あんたらがいい人たちで、ずーっと俺たぢの心配をしてくれそうで」
千晶「（うなずく）」
克己「俺たぢは、そう簡単に立直れそうもねぇがら、つい甘えて、ずーっとお礼ばいってしまうかもしれねぇ」
千晶「そんなのは嫌だって」

克己「あの日で打切りだっていっても、あんたのお父さんだぢは本気にしながった」
千晶「親切にする気にならんことをしてしまえ、と」
克己「偏屈だ。親父の偏屈だが気持はわがった。そんで、俺も無茶をした」
光彦「ああ――そうか」
千晶「私もそう思ってました」
克己「うん?」
千晶「でも、人の親切に、あんなことをするでしょうか?」
克己「するよ。断りてえ親切は、カッとなって断ることあるよ」
千晶「私は、急に気がつきました」
光彦「なにを?」
千晶「おじいさんの気持をです」
音がしてドアがあき――。
吉也「(入りながら)おう、ここが家(うち)か、オレの家か――(とドアを閉める)」

千晶「浜口さん(とキッチンに来る)」
吉也「おう」
千晶「おじいさんは、私のために、わが家との縁を早く切ろうとしてくれたんですよね」
吉也「(よく頭に入らず)うん?」
千晶「修一さんは死んだのだから、もう来るなって、いってくれたんですよね」
吉也「――」
千晶「父や母がそうはいがねぇとかいうもんだから、大暴れして、縁を切ってくれたんですよね」
克己「そうか?」
光彦「この人のためにか?」
吉也「修一は、もう、いねぇのだ。どご捜してもいねぇのだ(と靴でも捜すように)」
千晶「はい」
吉也「嫁に来ようと思ってくれた」
千晶「はい」
吉也「ところが、急に相手がいねぇ。いねぇ、いねぇ(と空を摑む仕草)」

千晶「はい」
吉也「なら、もう、早ぐ忘れるのが一番（と外へ行こうとする）」
光彦「どこさ行くの？」
吉也「狭くて、客、呼べるか（と外へ）」

●木陰

小川のほとりでも。先を歩く吉也。その後を行く千晶。続く克己と光彦。みんなに千晶の話が届く距離で――。

千晶「私ははじめ、みなさんがうちで暴れてくれたお陰で、このまま修一さんから遠くなるのかなという気がしました。なにより津波で市役所は大忙しで、災害の大きさにも圧倒されて、テレビもはじめは駄目で、携帯も駄目で、どこでどのくらいの人が、どうなのかもわからなくて、それから他の自治体の応援やら消防やらボランティアから援助物資の受け入れから、避難所や仮の安置所やら外国の救援隊とか議員とか、そこで私がなにをしていたかというと、ほんとあとからあとからの使い走りがせい一杯で、市役所の改革どころじゃなくて、自分が眠らないとどうなるかが分ったり、なんて人の気持がわからなかったのかとか、こんな所にこんなひどい人もいて、こんなにエライ人もいるんだとか、何年もの経験をさせて貰いました」
吉也「――そうか」
克己「――」
光彦「――そうか（と吉也と似てしまう）」
千晶「でも、どっかで、私は、この地震と向き合っていない、津波にちゃんと向き合っていないという気持がありました」
吉也「そりゃあ手に余る大事（おおごと）だすけぇ」
千晶「いえ、修一さんを忘れようとばかりしていたからでした。私個人としては、一番大きな出来事なのに、向き合おうとしていませんでした」
吉也「だからそれは――」

克己「息子はもう戻らねぇのだすけぇ」
千晶「死んだから終り。死んだから、終りとばかり思おうとしていました」
吉也「死んだから、終りだ」
千晶「いいえ、忘れたくないいんです。思い出したいんです。それが一番したいことだって気がついたんです」
吉也「——」
千晶「忘れろといって下さった浜口さんにはすいませんけど」
吉也「いやあ——」
千晶「みなさんと会いたくなったんです。修一さんの思い出は、私なんかより、ずっと沢山持っている人たちに会いたくなったんです」
克己「そりゃあまあ、思い出だけはな」
千晶「聞かせて下さい。聞きたいんです」
光彦「あの兄貴が、こんなきれいな人に、そんなこといわれるなんて、兄貴じゃねえみてえだ」
克己「まだ子どもで、シャツシャツ、お母ちゃ、アイロンかかってねえって——」
光彦「ばあちゃんにも、自分でかけれていわれて」
吉也「そのばあちゃんもいねえ」
克己「いねえ」
吉也「だらしねえ男ばっかし残って」
千晶「ううん」
克己「あの日。あんたらが来る寸前まで、あいつはアイロンをかけとった」
光彦「もう見えるとこだけでいいな。上衣着るがらいいよな、お母ちゃんて」
克己「ダメだ、といった」
吉也「ああ、ダメだってな」

●浜口家・台所（回想）

正代「（料理をしながら）今日はおまえが主役だろが。その主役が、シャツの皺を上衣でごまかすようなことをしてなんとする」

●浜口家・座敷（回想）

いく「そんだ。お母ちゃんのいう通りだ。とことん自分でやり遂げねば」

●浜口家・茶の間（回想）

いくの声「どうするんだ」
　修一、アイロンかけている。
吉也の声「へへ、うちの女二人は、反撥し合いながら」

●仮設住宅・浜口家・台所（夜）

吉也「（別の日である。台所の隅の隅のような所からプラスチックの洗濯に使う柔軟剤の容器をとり出しながら、部屋に届く声で）妙に気が合ってなあ（とのみにかかる）」

●吉也の居間

　少し秋の気配。千晶を迎えた克己、光彦、吉也が、座布団は千晶にゆずって、弁当四つをひらいて、食べかかりで。
光彦「じいちゃんは、同じ話を何度も」
千晶「何度でも、いいの。思い出って、そういうもんでしょう」
克己「（その間に立上って台所へ）」

●台所

克己「なにのんだ？　じいちゃん」
吉也「なんもなんも」
克己「のんだべ、それ」
吉也「洗剤だ。柔軟剤だ。こんなもん、誰がのむか」
克己「柔軟剤がなんでうちにあるんだ」
吉也「どこにでもあるわ」
克己「貸してみい、よごしてみい」
吉也「客が来てる時に恥かかすな」
克己「貸してみい」
吉也「よぐ洗って干して、もう一回洗ってから使ってるんだ。大丈夫だ」
克己「焼酎か。ウイスキィか」
吉也「だから、なんだ」
克己「のんだら命取りていわれだんだろ」
吉也「ホホ、命がなんだ。命なんざ、船があってこそだ、家があってこそだ。みんながみんな、いてこそだ」
克己「オラはいるぞ、孫もいるぞ」
吉也「女がおらん」
克己「なに言ってる。こごんとご、何遍も千晶さんに来てもらってるでねぇか。弁当買って来てくれだんでねぇか」
吉也「だからだ」
克己「だからなんだ」
吉也「嬉しいんだ。のみてえんだ」
克己「そんなもんに入れで。年寄りがヤケになったら、この世は終りだぞ」
吉也「仮設は隠すとごがねえ、光彦だって困ってらあ」
光彦「俺は別に――」
千晶「（台所に近づく）」
克己「（無言で吉也を追いつめて、酒入り柔軟剤のボトルをとり上げる）」
吉也「（とり上げられて）――」
光彦「――」
千晶「――」

●信用金庫・支店長室（夜）

商店街の一団が、事務室からのドアが閉まらないくらいに詰めかけている。そのあちこちから今しもたまりかねたような男女の声が「支店長」「支店長」「なして黙ってる」と大きくあがる。

良介「（自分の机の椅子にかけて、青ざめて目を伏せている）」

交渉の中心にいる福永（60代）が、その声たちを受けとめて、大声ではなく、しかし、きびしく――。

福永「支店長、なして黙ってるんだ」
良介「(ゆっくり、ひるまないで)本当はお分りでないですか(と一同を見る)」
青木「(福永の隣にいて、40代)お分り?　なんだ?　なにがお分りだ?」
良介「この支店は、この信用金庫は何より誰より、みなさんのお役に立つしか、生きてる道はないんです」
後ろの方の男「だったら、そうせい」
後ろの方の女「キレイ事いわねで」
良介「みなさんの中柴、宮堀地区は、市の再建方針がまとまらなくて、県も及び腰で国は遠くから眺めてるばかりです」
青木「そんなことは百も承知だ」
福永「だから当事者が踏み出すということだ」
青木「うちらで街をつくって事実を積み上げるっちゅうことだ」
良介「お気持はよく分りますが、信用金庫が、すぐさまお力にはなれません」
青木「やっぱり弱腰だ」
良介「なれるわけないじゃないですか」
青木「ほれ、これでなんもしねえんだ」
「そうだ」「口ばっかりだ」「どこが土地っ子だ」「臆病者だ」怒号が重なる中で、じっと良介をにらんでいる福永。
福永「あんたにはわからんよ」
その目を見て、そらす良介。

●西郷家・庭(朝)

麻子「(中からドアをあけ、花壇の方を見る)」
良介「(出勤前のワイシャツ姿でサンダルで、花壇の端に腰を落して、呆然としている)」
麻子「どうした?」
良介「(花壇を指し)三月のまんまなんだな」
麻子「うん――」
良介「持ち出した荷物置いだり、焚火したり、あの時のまんまだ」
麻子「今ごろいってる」

良介「草生えとったから、ろくに見もしながったが」
麻子「不思議だべ」
良介「不思議て（自分のことやないか）」
麻子「種をまいだり球根埋めだり、そういう気持が湧いて来ねぇのよ」
良介「地震でつぶれたわげでねぇし、津波さ遭ったわげでねぇし」
麻子「あなたもひと夏、このまんまの花壇に気がつがねぇなんて、どうかしてらよ」
良介「男はそんなもんだ」
麻子「お母さんは――」
良介「うん――」
麻子「喪（も）に服しとるんだねって」
良介「そうか」
麻子「そんな結構なもんでないの」
良介「（麻子を見る）」
麻子「ただ気力が湧かんの。いつ、すべてが終るか、いつなにもかも崩れでしまうが――」

良介「そんな気分、甘やかして、秋までひきずるんでねぇよ（と立つ）」
麻子「じゃあ、あなた、種まいて、球根植えて」
良介「（ドア近くで振りかえり）オレはオレの仕事で、種まいでる。球根植えでる」
麻子「決まり文句いわねぇで」
良介「現実的になろうでねぇが（とドアをあけて入る）」
麻子「どっちが現実よ。こっちも現実よ」

●玄関

良介「（ドアを閉めた形でいて）クーッ（と口惜しい。ギャグではなく）クーッ（耐えている）」

●小さな漁港の端（津波以前の回想）

たとえば朝の漁が終って、みんなが引揚げた時間。
スニーカーの女の足が岸壁の端の方へ急ぐ。
千晶である。

千晶の声「これは誰にもいいたくない思い出。二人だけの思い出にしよう――と思っていた（次のシーンに直結）」

漁港の端にサッパ船（岸に近いワカメやアワビ漁のための小型漁船）がいて、修一が、仕度をしながら、千晶を迎える。

●高台のスペース（現在）

津波の跡は、吉也が見たがらないので、見えない。

可能なら秋の好日。

女性らしいビニール・シートを敷いて、千晶の用意した食べものをいくらか残して、吉也、克己、光彦は、ポットからのコーヒーを手にしている。

千晶の声「（前のシーンの台詞と直結で）大切な思い出」

光彦「話していいの？」

克己「ああ（無理にすることはないよ）」

吉也「話してえから、きり出したんだろうが」

千晶「（自分で納得するように）はい」

●小さな漁港（回想）

修一と千晶のサッパ船が、岸壁をはなれて行く。人のいない漁港。

千晶の声「港に不思議なくらい誰もいなくて、神様かなにかが、二人のために人払いをしてくれたような気がしました」

●やや外海に出るサッパ船（回想）

千晶の声「この土地でうまれたのに、船から故郷を見たのはいぐら数えでも四回でした」

●高台のスペース（現在）

千晶「家族と幼稚園のころ一回、あとは学校から、小学校二年と六年のとき、中学三年の秋、全部観光船で、みんなとしゃべったりふざけたりして、見でもなんにも見でいながった」

●サッパ船からの断崖（回想）

　ぐんと断崖が間近かである。岩と岩の間をすり抜ける。

千晶の声「凄い」

●高台のスペース（現在）

千晶「サッパ船ていうんですよね」

光彦「そう。サッパ」

千晶「断崖のワカメやウニをとったり、アワビをとったり、細いところも、危いところも」

吉也「ギリギリの岩場をな」

克己「知らねぇやづは、すぐ座礁だ」

●サッパ船からの断崖（回想）

千晶の声「こんなのありなのオッ。私の故郷、こんなに凄いの、こんなにきれいで、こんなにどこまでも続くスケールがあって」

　サッパが、断崖に沿って走る。そのスリル。

　圧倒的な岩に続く岩。そこを見事に漕ぎ抜いて行く修一。

千晶の声「見惚れていました。なんてうまいの。なんて格好いいの」

●陸からは入りにくい小さな浜（回想）

　千晶、船の上の興奮の声のまま「へえ、こんなところがあるんだ」といって、少し走って、振りかえる。

千晶の声「海からしか上れない浜でした」

　修一、船を舫いながら、千晶に笑顔を向ける。

光彦の声「兄貴、それが狙いかよ」

●高台のスペース（現在）

吉也「決まってるべ」

千晶「（否定しないで、思い出の中）」

光彦「じゃあ、あの、じゃあ、あの」

克己「なにが、あのや」

光彦「あの、恋の浜で、あの——」

吉也「光彦（いい加減にせい）」
光彦「兄貴と千晶さんは——」
克己「聞いて、どうするんだ」
千晶「いいんです。ずっと自分だけの思い出にしようと思っていたけど——」
光彦「はい」

●小さな浜（回想）

修一と千晶、抱き合って、砂の上に倒れる。

千晶「でも、死んだ人のいい思い出は、御家族にはお話しすべきなような気がして——」

●高台のスペース（現在）

光彦「そうです。兄貴もちゃんといい思い出があって、よかった」

●小さな浜（回想）

修一と千晶、求め合う。

光彦の声「オレ、オレ（とためらう）」

●高台のスペース（現在）

光彦「これは、これは、いうべきことじゃないかもしれねぇけど——」
克己「なら、いうな」
吉也「（興奮に普通ではないと）光彦」
光彦「ありがとうって——千晶さんに、ありがとうって、いったっていかべさ」
千晶「何遍もいって貰ってる」
光彦「でも、あの、その兄貴は、もう生ぎ返らねえのだがら、もう忘れて——忘れて」
吉也「ああ」
克己「そうだ」
吉也「忘れなけりゃ、いかん」
光彦「俺との結婚を考えてくれねぇですか」
千晶「（光彦を見る）」
光彦「来年の春には高校を出るんやし、そこまで待って、そこまで待って」
克己「（光彦を殴る）」

吉也「バカタレ（と光彦にいう）」
光彦「ずーっと、ずーっと、俺、そう思ってだ。兄貴がおるうちから、思ってだったぁ（と克己にボカボカに殴られる）」
千晶「（立ちすくんで、それを見ている）」

●プレハブ住宅・建築現場・秋（昼）

克己、数人と骨組みの建材を立上げている。達者なものである。
良介の声「それじゃあもう、立派な大工さんでねぇの」

●山間のレストラン・食堂（夕方）

ちょっと高級感のある、被災した土地に似合わない築数年の小綺麗な内部。外には雪がチラついていてもいい。他に客はいない。来たばかりで、窓から外を見ている克己。
テーブルで、焼酎のお湯割をつくっている麻子。
良介は、座らない克己に合せて、その近くに立っている。
克己「なんの。いわれるまんまさ」
麻子「いわれて出来るのが凄いわ」
良介「ああ、俺なら」
麻子「絶対指をつぶしてる（金槌でという仕草）」
良介「（苦笑）」
克己「船もねえ網もねえ道具もねえ」
良介「景気がいいのは、建設だもんな」
克己「稼がなきゃ仮設から出られねえしな」
良介「寒いから鍋を頼んだ。その前に、ちょっと（前菜がすでに出ている）これで、のんでてくれと——」
麻子「どうぞ」
良介「ここ、どうぞ」
克己「こういう店で鍋なんかいいの？」
良介「いいんだ。うちの理事長が、個人で前からやってだ店だ。職員は割引だ」
克己「そういう特典があるんだな（と椅子へ）」

良介「たまたまだ。職場は零細だ」
克己「どこが零細だ（とお湯割をのむ）」
麻子「ここも、ついこないだまでは、被災した人を何人も受け入れでいだんですって」
克己「そういういい訳もへったねえ。フフ」
良介「おじいさんぬきで、あなただけに――というか中学の同級生なんだから、君と呼んだ方がいいかもしれないが――」
克己「おめえでいいよ」
良介「（うなずき）君だけに会ってもらったのは、うちの千晶とお宅の光彦くんのことだ」
克己「うん――」
良介「よく会ってるらしい」
克己「――うん」
良介「知ってだった？」
克己「チラチラっとな」
良介「勿論、会うのは別に悪いことじゃないが――」
麻子「何人からか聞いて、娘にそれとなくあたりました。そんなの勝手でしょ、といわれました。強いいい方に、びっくりしました。親になんかいわれたくないって、まるでたたかうような口振りで、これは只事じゃないな、と思いました」
克己「うん――」
良介「うちのは二十四歳、光彦くんは十八歳。そんなの、おかしいだろう」
克己「おかしいかね？」
麻子「六歳もはなれていて、光彦くんは、まだ高校も出ていないんですよ。仕事を持ったこともないんですよ」
克己「でも、まあ――」
良介「でも、まあ、そういうこともあるだろう」
麻子「でも、でも、娘に本気を感じたんです。これは本気だって」
克己「いけないかね」
良介「いけないよ。娘はまだ、どうかしてるんだ。津波から半年。いや、むしろ、あのころより修一くんが亡くなったことがこたえて来てるのかもしれない。あいた穴を埋められなくて、苦しんで弟さんにすがっているのかもしれない。その上、御家族を三人も亡くした浜口さんを見て、なにか役に立ちたい、励ましたいという気持が強くて、光彦くんを選んでしまったのかもしれない」
克己「しかし、本人が本気なら――」
麻子「だから、それは本当の本気じゃなくて、いま普通じゃないから、本気だと思っている贋の本気だって思うの」
克己「それは俺も思った」
良介「そう」
克己「余計な心配かもしれない」
麻子「それならそれでいいの。親は余計な心配をするものでしょう。こういうとき本人の自由だなんていってほうっておくより、立入った方がいいですよ。つけは親にも回って来るんですから」
克己「――うん」
良介「きっと、いや、たぶん、二人は、二人とも、津波のあとで途方に暮れでる子どもなんだ。千晶は結婚しても市長を目指すとかいって、それなりにしっかりして来たかと思ったが、なんにも分っていなかった。今の大変な市役所で、いろんな思いをしてる。教えられでる」
克己「ああ」
麻子「でも、男と女のことは、ひとにいわれたくない。教わりたくない。それって変でしょう」
克己「変か?」
麻子「変ですよ。なんにも分ってないんですもん」
克己「うん――」
麻子「恋愛がいかにはかないものか、結婚がどんなものか。生活力も大切だということも」
克己「それは、そうだ」
麻子「少しは長く生きている親が、これで赤ちゃんが出来たら、一生が決まるぞって心配するの当然でしょう」
克己「赤ん坊か――」
良介「誤解のないようにいうけど」
麻子「なに？」
良介「二人をひきはなして、これでお宅とは縁を切りたいとか言ってるんでない」
麻子「そんなこと、わざわざいうようなこと？」
良介「そうとられるかもしれねえがら」
麻子「いま持ち出すことじゃないでしょ」
克己「そったな誤解はしねえよ。まだ、光彦に嫁は早い。見当はついとる」
良介「なんの？」
克己「あいつ、仮設にいるのは時々たまらんから、友だち五人だかと、金出し合って、息抜きのアパートを借りだんだと」
良介「それだ」
麻子「それだ」

●小さな商店街（夜）

雪がチラついていてもいい。

小さな定食屋から出て来る光彦。続いて千晶。二人、寄り添ってアパートのある方へ。たとえば『がんばれ東北』のロゴがある笑顔の吊し紙人形を光彦が触れ、くるくるそれが回る。

●アパートのある道

停っている西郷家の車のフロントガラス越しに、商店街を折れて現われる千晶と光彦。
車内の運転席に良介。隣に麻子。後部座席に克己。
麻子「残業、残業っていって――」
良介「いきなり現場だな」
克己「いっちょう前（一人前）が」
千晶「（車に気がつく）」
光彦「（その千晶を見て、車を見る）」
良介、車から出る。麻子が続く。

克己も出ている。

千晶「(気持が高ぶって、どこかへ逃げ出したいように一、二歩元へ戻りかける)」

良介「逃げて何処さ行ぐ?」

千晶「(立止る)」

麻子「追いかけたりはしねよ。力ずくなんてこともしねぇ(と千晶に近づいて行く)」

良介「(ゆっくり近づきながら)噂を聞いて、寄ってみたんだ」

克己「急ぎすぎだ。少し、気が早いんでねぇか」

良介「ああ、まだまだ、人生長いんだ」

光彦「わがらねぇべ。人生、明日をも知れねぇべさ」

克己「そんなごと、思ってねぇだろ。思ってねぇよな(と光彦を抱きしめる)」

麻子「(千晶を抱きしめる)」

千晶「(嗚咽(おえつ)がこみ上げる)」

良介「すまん。これが俺だちの限界だ。ほっとけねえんだわ」

●仮設住宅・浜口家のある通り(午後)

晴着や普段着の子ども数人が遊んでいる。

タイトル『平成二十四年(二〇一二)一月』

吉也が区域の入口の方をのぞくように家から出て来て「あ」と手をあげる。

奈美が、デパートの提げ袋と自分の手提げを持って笑顔で一礼。

●浜口家・入口とキッチンと四畳半

吉也「(先に上って、さっさと四畳半の一室へ向いながら)バス、案外正確だったね」

奈美「はい。今日はまだ作業の車も少くて(と入って上り框に荷物を置く)」

吉也「(四畳半の吉也の部屋から)これ、大晦日に入りました(と声だけ)」

奈美「なにがです?(と上れない)」

吉也「(四畳半でベッドに掛けていて、少しバウンドさせ)ベッドさね、ベッド」

奈美「はあ（と上りにかかる）」
吉也「（まだベッドにいて）男三人の時は、ベッド入れると一部屋つぶれてしまうがら、ムリだといわれてだんだが。見て下さい（とまだ腰掛けて少しバウンド）」
奈美「（のぞいて）まあ、へえ」
吉也「へへ、こんなごどで喜ぶのは哀しいが」
奈美「いえ――」
吉也「喜ばにゃあ敗げだもんね（とキッチンへ）」
奈美「（身を引いて）はい」
吉也「（すでにお茶を出す用意は小さなテーブルにしてあり、急須にジャーから湯を注ぐ仕度にかかり）よぐ来てくれました」
奈美「行き来しないようにしようと」
吉也「はい」
奈美「でも、お孫さんが青森へ行かれたと聞いて」
吉也「魚の加工をやっとる友人がね、オレンとごへ寄越せといってくれで」
奈美「お顔が広いから」
吉也「いやいや、赤字かかえた小さなオラどこなど相手にもされんのだけど」

●青森の漁港

豊かな漁獲量の水揚げの現場。働く光彦。

吉也の声「津波だったからねえ、手をさしのべてくれたんだ」

●浜口家・入口とキッチンと四畳半

奈美「学校は？」
吉也「去年がもうそれどころじゃなぐなったから、改めて一年、青森で単位とって卒業したらどうだ、って言われでる」
奈美「そうですか」
吉也「お孫さんの方は？」
奈美「はい」

●流された写真の展示所

千晶、新たな一枚を貼り、それから、別の方へひき寄せられるように行き、立止る。一枚の写真。浜口家の家族一同の光彦の撮った写真。その光彦。そして、修一。それからまた一同。

奈美の声「案外、泣いたり逆（さか）らったりしねえで、市役所で、忙しうしてるようです」

●浜口家・入口とキッチンと四畳半

吉也「二人とも親にいわれで、やってることに気がついたってことかねえ」

奈美「黙ってるがら（分りません）」

吉也「津波から一年もたってねぇのに」

奈美「人もあろうに弟さんと――」

吉也「津波のせいかもしれんね」

奈美「津波の？」

吉也「根こそぎさらわれて、誰彼かまわず死んでしまって、なにかにすがりたぐなって、目先の色事を求めてしまったのかもしれねぇ」

奈美「（そんな事をいう吉也を改めて見て）はい」

吉也「若いがらねえ」

奈美「はい」

●青森の漁港

働く光彦。これは現実音で。忙しい。

●市役所の車の中（走行中）

運転する千晶。やや大型の車で、他の座席は全部、老人老婆。黙って乗っている。現実音で。

●車内から見た被災地

瓦礫が片付いただけである。なにもない。現実音だけで――。

●仮設住宅地のバス停

バス停の表示の側に立っている奈美と吉也。

他に人はいない。

吉也「ちょっと早ぐ来すぎたがね」

奈美「いいえ、時間です（と腕時計を見る）」

吉也「二時間に一本だがらね」

奈美「はい」

吉也「行ってしまったわげではないだろうな」

奈美「どうか、もう（帰ってと手振り）寒いですがら」

吉也「誰もいねえ」

奈美「はい」

吉也「(三陸の重箱に入れてもいいような料理の名をあげ）×××や△△△や〇〇〇やら」

奈美「何遍もいわねぇで下さい」

吉也「息子も帰って来たら大喜びだ」

奈美「二日からお仕事なのねえ」

吉也「船ならいいがね」

奈美「そんなこと言ったらいげません」

吉也「バスは、どこをウロウロしとるんだ」

奈美「浜口さん」

吉也「はい？」

奈美「息子が、仕事柄、かえって聞ぎにくいと言ってますが――」

吉也「なにをです？」

奈美「漁を再開するにあだって、お手伝いできることがあるんでないかと――」

吉也「ああ（そのことね）ああ（いいにくい）」

奈美「決して、それで商売するというような気持でなくて――」

吉也「金庫がのう」

奈美「金庫？」

吉也「流されたまんまなんだ」

奈美「あらァ」

吉也「警察が、掘り出した金庫を並べて、持ち主に渡した時も、うぢのはながった」

奈美「それっきり？」

吉也「ああ、誰にもいってねぇ、警察には無論いってるけど」
奈美「じゃあ、大金が？」
吉也「それがわがらね」
奈美「わがらねて——」
吉也「うちは、嬶（かか）と嫁、女二人が金の管理をしてだった」
奈美「あらァ」
吉也「主に嬶の方が、銀行の金利があまりに安いから、預けるのがバカバカしいって言って、現金で金庫に入れでだった」
奈美「あらァ」
吉也「いくらかわがらね。しかし、長年のことだがら、それはきっと、まとまった金額だろうと思ってる」
奈美「はい。それは、きっと」
吉也「ひそかに——それが出て来たら、と決めとるんだ」
奈美「了解です。誰にもいいません。息子だけには——そっと」
吉也「金庫はなあ」
奈美「はい」
吉也「この際、どうでもいいんだ」
奈美「どうでもって——」
吉也「さっきから思ってでだった」
奈美「なにをです？」
吉也「バスは来ねぇし、誰もいねぇし、一回ハグしちゃだめがなあ」
奈美「ハグ？」
吉也「外国人のようにハグだ（仕草）」
奈美「あ、バス、かな——（耳を向ける）」
　音がする。
吉也「恐縮なお願いだけど、また一人だと思うと淋しいんだ」
　マイクロ・バスが現われてしまう。
吉也「底ぬけに淋しいんだ」
奈美「いいですけど、バスがもう、バスが」
　マイクロ・バス、到着してしまう。

吉也「ああ――ああ」
といってる間に、仮設に住む人、数人が降りて来る。
中年の元気な男「ああ、浜口さん、年明けで、はじめてだ」
吉也「ああ――」
中年の元気な女「私も。おめでとうといい合う状況じゃないんだけど――」
吉也「いやいや、ほんと」
中年の元気な男「集会所の換気の件だけど」
奈美「(ちょっと待つが)」
マイクロ・バスのスピーカー「金山経由市役所前行き、折返しすぐ出発いたします」
奈美「(バスの座席に掛ける)」
吉也、「あ」と思うが、バス出発してしまう。
奈美、ちょっと手を上げる。吉也、目の前の人を無視して手をあげるのが遠く見える。

●西郷家・ダイニングキッチン（夜）
夕食中の良介と麻子と奈美。
良介「お母さん（と思い切ったように奈美を見る）」
奈美「うん？」
良介「そんな話面白い？」
麻子「なにいってるの」
良介「ハグなんていわれて、気持悪くないの？」
麻子「ハグぐらいいいでしょ」
奈美「キスとかいわれたんでねぇから」
麻子「そうよ。なにいい出すの」
良介「二人をひきはなして、やっとあの家とは縁が切れたんだ。どうして勝手に会いに行ったの」
麻子「お正月だし、あの孫は青森へ行っちゃったんだし」
奈美「仮設で男二人だから」
麻子「おばあちゃんが行って下さるの、ありがたいと思ったわ」
良介「俺たちが行き来すれば、千晶もきっぱりと行がなぐなる」
麻子「だからお婆ちゃんが行くの、丁度いいんでない」
良介「俺は反対だね」
麻子「向うは三人も亡くなって、お家も流されて」
良介「そんなことは分ってる」
麻子「縁を切って知らん顔がいいの？」
奈美「あの高校生を、すぐ青森にやってくれたんだし」
麻子「そうよ。千晶の方が年上なんだから、こっちのせいもあるっていわれだって仕様がないところもあるのに」
良介「きっぱりと縁を切って、忘れだ方がいいんだ」
麻子「分るわよ、その気持も分るけど」
奈美「普通の時でないがら」
麻子「そんだよ。思ってもいないことで、長男と奥さんとお嫁さんを亡ぐして」
良介「何遍もいうな。だったらハグされてもいいのか」
麻子「そうよ」
奈美「そうだよ」
麻子「私だってハグぐらいさせるわよ」
良介「俺は嫌だ」
麻子「そんなこと聞いでない」
良介「津波でなんでもなかったのは俺のせいじゃない」
麻子「勿論よ」
良介「津波に遭ったと聞けば、誰にでも優しぐしなぎゃなんないのか」
麻子「当り前でしょう」
奈美「今でもキツイ思いをしてるんだよ」
良介「そうそう人の身になれるか」
麻子「なんてことというの？　あなたいま、なんていった？」

良介「――」
麻子「そうそう人の身になれるか？」
良介「――」
奈美「疲れだよ」
麻子「疲れでもなんでも、あなたそんなこと、外へ出ていったら、一生終りよ」
良介「――」
麻子「信用金庫の支店長がそんなことといったら、終りよ」
良介「誰にでも、といったんだ。誰にでもいい顔はできないって」
麻子「当り前でしょう。大体、誰だって、人の身になんかなれないわよ。そんなことはみんな百も承知でしょう。その上で、なんとか出来ることをしようとしてるんでしょう」
良介「いいよ、もう」
麻子「よくない。おかしいわよ。そうそう人の身になれるかなんて、そんなごといえるほど、あなた、人の身になってるの。信用金庫は人の身になってるの？」
良介「せいぜいバカにすればいいが――」
麻子「バカになんかしてない、切れだようなことをいうから驚いてるの」
良介「信用金庫は、いつだって、本気で、なんとか地域の役に立つことを第一に考えでいるよ」
麻子「それならいいの」
奈美「おじいさんね」
麻子「え？」
奈美「浜口のおじいさんが気に入らないのね？」
良介「そうじゃない」
麻子「そうじゃないの？」
奈美「ハグさせないわ」
良介「そうじゃないんだ（廊下に出ようとする）」
千晶が帰って来て、キッチンに入ろうとしている。
千晶「なに？」
良介「なにって――音しなかったな（と二階へ）」
千晶「したよ、音（キッチンを見て）なに？」

麻子「ううん。お帰り」
奈美「お帰り」
千晶「（微笑で）ただいま（と静かである）」

●広い被災地（昼）

まだ街づくりが進んでいない。人の通りも車の通りも少ない。真昼である。
その寒々とした区域の隅に、ポツンといかにも仮設の居酒屋がある。赤提灯がある。
それに灯りがつく。夜になっている。

●居酒屋（夜）

克己と麻子。他には老婆が一人、小鉢と徳利を前にして、あまり動かない。店の主人は元気そうな四十男で、力が余っている感じ。
二人の前には、お湯割の焼酎とおでん。
克己「移動図書館？」
麻子「うん――」
克己「本のせて回ってる？」
麻子「うん」
克己「いうばっかりで、なにもしねえ人がと思ってだった」
麻子「そういうタイプだけど、なにもしねぇではいられねぇ気持でやらせて貰ってるの」
克己「本はどうしてるの？」
麻子「だから、あくまで市の図書館の一環で、車も本も市のもんよ。私は運転して回るだけ。深くきかねぇで。やりはじめたら、面白いんだ。性に合ってるんだ」
克己「ボランティアは、それが何よりだ」
麻子「今日は、そういう話でねぇの。いったでしょ。うちの夫と、あなたには、なにかあるのがということ――」
克己「うん――」
麻子「私のボランティアなんて、はずかしくて人には言えねよ」
克己「少し見直したわ」
麻子「バカにしてだった？」

克己「美しいから、許してだった」
麻子「そんなことという人なんだ」
克己「なんでもいうよ、オレは。ハハ」
麻子「なら、逃げないでいって下さい。中学生のころ、なんかありました？」
克己「（あったけど、いいたくない）」
麻子「大人になってからつき合ってながったですもんね。娘が修一さんと結婚したいといって来て、好き合ってる話をつぶすような親でないと私も夫もいうて、それから両家の父親が中学の同級生だったと気がついた。そうですよね」
克己「奥さんよ」
麻子「はい」
克己「仮に中学のころ、なにがあったとしても、中学なんて十三、四の子どもでないの」
麻子「はい」
克己「そのころの話を持ち出して、息子の結婚に水さす親でないよ、オレは」
麻子「たぶん夫もそうね。子どものころを持ち出すのはいぐらなんでも大人気（げ）ないと――」
克己「まあ、そうだ」
麻子「ずっと感じでだの。二人の結婚を喜んでいるような断りたいような。それって、普通の父親の気持がな、と思っていたけど」
克己「そうかもしれん」
麻子「ううん、津波でそれどころじゃなぐなって、それからも、親切にしようとつとめだり、急にひんやりしたり――」
克己「そんなもんだろ」
麻子「ほんと？　思い当ることない？」
克己「気になるの？」
麻子「なる。え？　この人、そんなごという人って、正直ショックだった」
克己「なにをいったの？」
麻子「それは――いえないけど――」
克己「（麻子を見ている）」
麻子「いいたくない」
克己「旦那は――（話す気になっている）」

麻子「うん――」
克己「波切町(なみきりちょう)の高校のワル、三人やとって俺を袋叩きにしたった」
麻子「どうして?」
克己「どうしてかは、知らね。あどになって、金でやどわれたって、その時のワルの一人に聞いだ」
麻子「中学生が高校生のワルをやとえる?」
克己「そこがあいつの偉いところだ。ちゃんといまも支店長だ」
麻子「理由があるはず。ただ、そんなごどをするはずがない」
克己「分らんよ」
麻子「分らんことないでしょ」
克己「分らんよ」
麻子「ワルに頼めば、ただお金払って終りで、すむわげがない。あとだって、きっと大変だったはず」
克己「なんも知らねよ」
麻子「人に殴らせるなんて汚いじゃない。うちの亭主、汚いじゃない」
克己「子どもだったんだ」
麻子「子どものやることじゃない」
克己「千晶さんが娘だと知って驚いたよ」
麻子「うちのも驚いたでしょう」
克己「いい娘さんなんで、昔のことは忘れようと思った」
麻子「忘れてないんでしょう」
克己「いいんだ」
麻子「――釈然としない」
克己「忘れたよ」
麻子「ううん、そんなごと、聞き流せない」
克己「(店の方へ)キャプテン、これ(と空になった焼酎のグラスをかかげる)」
店の主人「(たとえば)『オーッ』とか『あぁッ』とか(を急にその時だけ明るく声を上げる。つまり、盛り上りたいけど客がいない寂しさ)」
麻子「(その克己を見つめていて)うちのがそん

なごどをする奴だなんて、思ってもいながった」
克己「昔々だよ」
麻子「ううん。二人とも引きずってるんじゃない」

●仮設住宅・浜口家あたり（昼）

雨。

●浜口家・キッチンと部屋

四畳半の片方から、克己が携帯を耳にあててキッチンに出て来て、
克己「（携帯に）あ、え、もう今？——行ぎます、すぐ——はい、それは、すぐ（と切り）じいちゃん、もう集会所にいるって」
吉也「（ベッドの部屋で、一応人と会う服装で）早ぇべさ」
克己「来てるっていってた」
吉也「誰が？」
克己「何遍もいってるべ。夫婦とばあさんだ」
吉也「なんの話だ」
克己「だから、オレが殴られた話だ」
吉也「そんなお前、昔のことを——」
克己「だから、あっちの婿が強引なんだ、変ってるんだ」
吉也「どうだ、鼻毛出てるか？」
克己「出てねぇ出てねぇ」
吉也「ちゃんと見れ、ちゃんと」

●集会所

スチールの椅子と長いテーブル。
片側に良介、麻子、奈美。下座の片側に、吉也と克己。
奈美「（吉也の鼻をのぞきこんで）鼻毛は大丈夫」
吉也「よがった。ハハ」
克己「（麻子を指しながら）話の途中で、余計なことを——」
奈美「ううん、気になるわよねえ」

吉也「いや、いや。どうぞ、どうぞ（と麻子に話をうながす）」
麻子「いいえ、あの、ですから、この人（良介）にそういうごどが、ほんとにあったのかどうか、聞ぎました。あったどいいました」
良介「（うなずく）」
麻子「それだけのことではない、とも」
良介「（うなずく）」
麻子「はずかしいことだとも、思い出したぐないことだとも」
良介「（うなずく）」
麻子「一回だけ思い出そう。そぢらもいらっしゃるところで公平に、と」
克己「ああ（とうなずく）」
麻子「仮設で御苦労なさっている方に、昔の、どうでもいいこどを持ち出すのは、ほんと、こっちの勝手で（と一礼）」
吉也「暇だよ、こっちは、おかあさん」
奈美「はい（と微笑）」
吉也「こいつも一軒終って、雨だし、丁度よがった」
克己「二人で一日いるよりな」
奈美「ありがとう」
麻子「夫が、人に頼んで、そちらを袋叩きにしたっていうの」
良介「――（動かない）」
麻子「急に、この人（良介）が別の人に思えで――」
吉也「人間は、なんでもするよ、奥さん」
麻子「でも、いい訳があるど（良介が――）」
良介「いい訳じゃない、その前に、なにがあったかだ」
克己「なにがあった？」
良介「なにがあった？　そりゃあないだろう」
克己「俺は、波切（なみきり）の奴らなんか、なんも知らん」
良介「波切の奴のことじゃない。俺だぢになにがあったかだ」
克己「仲良がったろう」

良介「仲良がった？　俺だぢが仲良がった？」
克己「お前は二年のとき転校して来て」
良介「秋からだ」
克己「松浦と和馬と清とつるんで、よぐ遊んだろうが――」
良介「なにをしたが、忘れたふりをしねぇでくれ」
克己「そりゃあ三十年近く前のことだし」
良介「あの、清のところの山羊、山羊」
克己「おう、兎も沢山飼ってだった」
良介「山羊の乳を、じかに山羊の乳首をくわえてのめと」
克己「みんなやってだった」
良介「みんな？」
克己「ああ、みんな、やってだった。俺が手本を見せたんでねぇが」
良介「俺は、震えが止まらんくらい嫌だった」
克己「嘘だ。はしゃいでだった」
良介「ふりをしてたんだ」
克己「わがらねぇべさ、そんなもん」
良介「双子島までよく泳いで」
克己「うまぐなったでねぇが――」
良介「やっとおくれて着ぐと、帰るぞとみんなで戻って行く」
克己「一緒に遊んだろうが――」
良介「並んで、フルチンになって、小便がどごまで飛ぶかって」
克己「誰でもやることだ」
良介「嫌だった。俺は嫌だった」
克己「いわねばわがらね」
良介「いったら、どうなる？　女子十人に、好きだといって来いとか、浜迎え手伝って、鮭一本もらって来いとか、くれる訳ない」
克己「よう憶えでらなあ」
良介「憶えでらわ。ガマ、とって来いといわれだ。ガマ蛙つかまえで来いって」
克己「おう（そんなこともあったか）」
良介「田んぼ入って、三、四日かがって一匹つかまえだ」
克己「三、四日もかがらねぇべ」
良介「かがった。五、六日かもしれん。ガマ一匹つかまえられんようじゃ、とかいわれで」
克己「誰でもつかまえだよ」
良介「嘘だ。誰もでぎねぇがら、俺にいったんだ。いじめだ。あぎらがに、いじめだった」
克己「多少な。いわれれば、そういうところがあったもしれねぇ」
良介「つかまえだら、そのガマ蛙食えとかいわれるがもしれねぇと、とったガマ捨てだこともあった」
克己「そんな大変なことだと思ってながった。ガマは、焼いて食えば、うめぇんだ。フランスだって食ってるべ」
良介「そのガマ、どうしたか、覚えとるべ」
克己「覚えでない」
良介「爆竹（ばくちく）しばりつけて、火つけろっていわれたんだ」
克己「盛り上ったでねぇが」
良介「俺は嫌だった。今だったら、笑い話かもしれね。あと思った。今だったら、笑い話かもしれね。あのころは心底（しんそこ）嫌だった。学校さ行くのが、恐ろしがった。誰にも言えねがった。オドオドしてる自分を知られるのが、はずかしがった。死にだがった」
克己「そこまでは（まさか）」
良介「ほんとだ。何回か本気で死のうと思った。そして、あの日、行き場がないような気持で、昔の開拓村の方へのぼって行った」
克己「今でもあるわ」
良介「そこで、あのワル三人が、豚小屋に火をつけたのを見たんや」
克己「なんでだ？」
良介「イタズラだ。たぶんイタズラだ。乾草のかたまりをほうり込んだ。火がワーッと燃え上るのを見たんだ。豚は大変だ。キーキー大騒ぎだ。すぐ三人は俺に気がついだ。逃げだ。追って来た。つかまって森の中へ連れこまれだ。
人に言ったら殺す、といわれだ。俺は、半分死
ぬ気だったがら、妙に平気だった。誰にもいわ
ね。その代り、一つ頼みがあると」
克己「そうかよ」
良介「肝(きも)が据わった奴だと思われたのかもしれね
ぇ。気圧(けお)された感じでついて来た。豚小屋は、
燃えさかってだ。人の声も聞えだ」
麻子「――」
良介「その足で、あんたを呼び出して、神社さ行
った」
克己「ああ」
良介「もう俺とはつき合わねぇでくれ、というつ
もりだったが、言えながった。やつらも黙って、
あんたを殴った。俺は見ていた」
克己「まったく、訳がわがらねがった」
良介「そんなことはない。あんたも、俺がいじめ
に苦しんでるのを、うすうすは感じていたはず
だ。だから、それきり、俺とは目を合さなかっ
た。俺も、それきりだった。奴らに金など払わ
んよ。そんな金、ある訳ない。もらったという
奴は、豚小屋の放火をかくしたんだ」
克己「フーッ(と息をつく)」
吉也「そりゃあ、その娘と息子が一緒になるとい
うたら、複雑だ」
克己「子どものころのことだし」
良介「いい出すのも大人気(げ)なくて――」
吉也「よがった。これで誤解解消だ、奥さん」
麻子「はい――(と一礼)」
奈美「毎日が大変なのに、こんな昔のことで(と
一礼)」
吉也「いやあ、昔も今も、どっちにも人生はある
よ。忘れたふりをしてるより、ずっといいです
よ」
麻子「ただ――」
吉也「うん?」
麻子「どっちが(二人をチラと見ながら)いいと
も悪いとも――」

吉也「いえねえな」
奈美「そちらは、いじめとは思ってなくて」
吉也「旦那は、死ぬほどのいじめだと」
良介「(苦笑して、うなずく)」
克己「――」
吉也「すっきりしねぇなあ」
麻子「いいですけど――」
吉也「どうだ、二人、一発ずつお互い殴り合ったら」
麻子「はあ?」
克己「なにいうんだ」
良介「(薄く苦笑)」
吉也「口でいい合ってもすっきりしないことは喧嘩両成敗だ。一発ずつ殴って終りだ」
良介「やりましょう」
克己「うん? ――」
麻子「よして」
良介「一発だ」
奈美「かなわんよ」
吉也「勝負でない、勝ち負けでない」
克己「(良介を見ている)」
良介「(克己を見ないで)あれをいじめと、まったく思っていなかったはずがない(と立上る)」
克己「死ぬほど(と立上りながら)つらいだけじゃなかったはずだ。なつかしいこともあったはずだ(とドドッと良介の方へ)」
良介「(思わずガードしかかる)」
吉也「本気出すな。儀式だ。一発だけだ」
克己「(せまる)」
良介「(あとずさる)」
吉也「逃げるな。一発だけだ。ガードするな」
良介「(覚悟して目をつぶる)」
克己「(拳固だったのが、平手で打つ)」
良介「(すぐ平手で克己を打つ)」
二人、一瞬、固まる。
吉也「よし、終りだ」
といい終らないくらいに、二人、拳固で殴り合っている。

麻子「やめて」
奈美「やめえ」
吉也「やめやめェ。一発と言ったべさ」
　良介と克己、止まる。
麻子「いくつよ、二人」
奈美「支店長が」
吉也「少年か、お前ら」
　二人、ククッと笑いがこみ上げて、大笑いしてしまう。抱きあって笑いが止まらない。
　麻子、奈美、吉也も笑ってしまう。

●良介のいる支店・外観（昼）
　タイトル『平成二十五年（二〇一三）・秋』

●良介の支店長室
　小さな部屋だが、応接セットがある。
吉也と克己が椅子に掛け、若い女性店員が、お茶を置いている。
良介「（スーツの仕事スタイルで入って来て）あ、はい？——（と切ろうとしたのをひき止められた感じでドア半分で）はい、うん、はい、それはないそれはありません——はい、はい、ありがとうございます（と携帯を切り）すいません、こんな所まで」
克己「いや——」
吉也「働いとるねえ」
良介「いえいえ。岡林さん（と女性店員を呼び止め）私、しばらく、いないよ」
女性店員「はい」
良介「えーと、今日はいろいろありまして——」
女性店員「（一礼して出て行く）」
吉也「いろいろって？」
良介「あ、どうぞ、お茶、どうぞ」
克己「オレ一人じゃ手に負えんから」
吉也「借金なんかせんぞ、オレは」
良介「そういうことではなくて、同級生同士です（と克己と自分を指す）」
克己「親父とサシでは話しにくくて頼んだんだ」

吉也「息子がなに言ってる」
克己「じいちゃん――」
吉也「うん?」
克己「実は――六日前」
吉也「うん」
克己「金庫が見つかったんだ」
吉也「どこで?」
良介「ハザマの国有林で、県の職員が」
吉也「ハザマて、山ん中でないか」
克己「ガスバーナーであげられてた」
吉也「運んであげだっつうわげか」
良介「(うなずき)はい」
克己「警察から、金目のものはなんもないが、お宅の物らしいて――」
吉也「そりゃあ泥棒だ。なんも残さねだろ」
良介「臍(へそ)の緒(お)があったんです」
吉也「臍の緒?」
克己「オレのと、息子二人のだ」
吉也「金庫に入れでだんだ」
良介「プラスチックのケースに、住所と名前があったそうで――」
克己「(ポケットから小さなプラスチックケースを出し)これは修一のだけど(マジックで住所・名前、生年月日が小さく書かれている)」
吉也「(それをとり)なんで、今まで黙ってだ」
克己「がっかりするから」
吉也「だからって――」
良介「お父さん」
吉也「うん?」
良介「金庫がなくても、保険金、補助金で船は買えます。サッパ船も買えます」
吉也「だから、それだけじゃ漁は出来ん、て」
良介「網も油も、法被(はっぴ)も大漁旗も足りんところは、うちの店が応援します」
吉也「そういうことは――」
良介「人情ではありません。仕事です。特別扱いではありません」
吉也「なら、オレより、こいつの判断だ。中心は、こいつだがら」
克己「そこだ、じいちゃん」
吉也「どこだ?」
克己「いいにくいのは、この先なんだが――」
吉也「なんのことだ?」
克己「俺はもう漁には戻りだくねえんだ」
吉也「なんでだ!」
克己「大体もともと性に合わねがった。跡とりじゃあ仕様がねえ。意気張って、やってだったが、津波で向いてねえことが、よぐわがった」
吉也「なにを臆病な――」
克己「工務店を目指してえんだ」
吉也「今更お前――」
克己「楽しいんだ。家建てるのは嬉しいんだ。苦にならねぇのだ。やりてぇごと、いくらでも浮ぶんだ」
吉也「子どもでねぇぞ」
良介「子どもでないです。じっくり話聞ぎました。しっかりした、たいした大人です」
克己「すぐに金借りて、やろうというんでない。二年余り大工の真似をした。ひどい工務店もあるんだ」
良介「立派な工務店もいくつか知ってます」
克己「修業した上での話だ」
良介「おそぐはない。見所あると思ってます」
吉也「それじゃあ、なにか。船買って、オレ一人でやれってが」
良介「すいません(と立って、店へのドアではないドアをあける)」
克己「青森から呼んだんだ」
吉也「青森からて――」
光彦「じいちゃん(と現われる)」
吉也「なんだお前!」
光彦「オレ、海が好きだ。漁が好きだ。組合長にしごかれでる。そんでも苦にならね。去年のオレでないよ、じいちゃん」
良介「これもすぐどはいいません。でも、漁が好ぎだと聞いで、それならもう、きっと立派な跡継ぎになると思いました。船を買う夢は消えないど思いました」
吉也「好ぎだの夢だの、なにいってだ。お前ら三人とも話にならね。仕事の怖さを知らね。世間のつらさを知らね。甘えたことばっかりいうな」
良介「甘いこと考えなきゃ、世の中、動きませんよ。甘いことを考えて、懲りだら懲りだでやって行ぐしかないでしょう」
吉也「あんた（良介）も子どもだ。人生の怖さを知らね。こっちは、津波でなんもかんも持っていかれたんだぞ」
光彦「なにもかもでねぇべ」
克己「そんだ。なにもかもでない」

●信用金庫の車から見た街

被災地ではない。

●その車の中

運転する良介。
後部座席で、両側を克己と光彦にはさまれて吉也が乗っている。

●走る車

被災地に向って行く。

●車の中

吉也「どこさ行ぐ？　昼飯食うでねえのが」

●被災区域

三年前とほとんど変っていない。車が行く。

●車の中

吉也「オレはこごを見だくないといったはずだ。こごへは入らね、といったはずだ。何遍もいってるべや」

両側の二人、無言でおさえている。

●車から見た被災地

●車の中

思わず外を見てしまう吉也。

●その被災地の荒野

●車の中

見続ける吉也。もう騒いではいない。

●浜口家のあった跡地

車が着く。

●車の中

目を伏せてしまう吉也。

光彦「じいちゃんが見ても見なくても、元には戻らねよ」

●浜口家・跡地

花があげられている。線香も。

おりる良介。続いて克己、そして吉也と光彦。

●少しはなれた道

西郷家の車から、麻子、奈美、千晶がおりる。

●浜口家・跡地

吉也「(足元を見て)ここ、玄関だな。こんなもんだったが」

克己「(西郷家の三人を見て)来てくれでら」

近づいてくる麻子、奈美、千晶。

吉也「おう、お揃いで――」

麻子「こんにちは」

千晶「こんにちは」

奈美「浜口さん」

吉也「はい――」

奈美「金庫、残念でしたね」

吉也「なんのなんの。へへ」
千晶「これ（浜口一家の例の写真を額に入れたのを見えるように見せ）お宅へ行ぎにくくて」
吉也「おう、このプリントあったのが」
千晶「瓦礫（がれき）から出で来て」
吉也「そうが」
千晶「一人で持っていました」
吉也「そりゃあ、二人どもが、うづってるもんな」
千晶「はい」
吉也「どうだ、そのあど（と光彦を見る）」
光彦「会ってねえよ」
千晶「あいだ、置いてみようって——」
吉也「そうが。それもいい。ゆっくりも大事だ（麻子を見て）じき、三年だのに、まだこんななんだなあ（と周囲を見渡す）」
麻子「はい」
吉也「花飾って線香あげて貰って、拝まして貰うわ」
麻子「はい」
吉也「（花と線香に向い）ずーっと、見だくなかったんだ。意気地がなくて、ここへ来られながった。あぎれでる人もいたが、来られながった。許してくれ。修一（その映像）、女房（その映像）、嫁さん（その映像）。元気になあ——」
奈美「（こみ上げるものがあって、吉也に近づき、ハグする）」
吉也「ありがとう。しかし、女房の前であんた、なんてことするんだ（と振り返って、向き合って奈美をハグして泣いてしまう）」
周囲がそれにひきこまれているのに、急に目をそらして海の方へ歩き出す良介。すぐ麻子が気がついて少し追いながら「子ども」と呼び止めようとして「子ども」と少し母の声になって追う。
良介「（後姿のまま立止る）」
麻子「そんなにお母さんのハグ見たくない？」
良介「バカいうなよ（と声が震える）」
麻子「（ドキリとして）なあに？」

良介「大泣きしそうになった」
麻子「大泣き？」
良介「おがしいだろ。なんでもなかったオレが大
　泣ぎしたら、おかしいだろ」
麻子「（気になって振り返り、みんな）見てらよ。
　なんでも——なんでもなーい（と声は小さく、
　手振りでオーケーの輪をつくる）」
　克己が「わかった」というように手を上げる
　のが見える。全員が了解したかどうかは分ら
　ない。
良介「（また少し海の方へ）」
麻子「（その後姿を少し見て、そのあとに続き普
　通の声が届くあたりで）分るよ。その海見て、
　ここらに立てば、誰だって大泣きしたいよ」
良介「ハグしたい（麻子にということが分りたい
　が、はっきり見たりはしない）」
麻子「いいよ。しよう（といたわりの声）」
良介「みんなをさしおいて、そんなごと出来るか
　よ」
麻子「（それも受けとめて）そうだね」
良介「ここまでだ（と涙を拭く）」
麻子「うん——」
良介「（そのまま海を見ている）」
麻子「——（動かず、海を見ている）」

●その海と沿岸

　空から、新しい町には、ほど遠い被災の跡の
　現状を、ロケ地に限定しないで見せて行きな
　がら——。

作者の言葉②

あの大震災を前にドラマに何ができるか

東北の大震災から、ほぼ三年になります。あの圧倒的な悲劇をどうしてテレビドラマはほとんど書かないのかと、時には真顔で、時には幾分からかい気味に聞かれたこともあります。

たしかにあの忘れ難い物凄い映像と体験なさった人々の多くの証言を前にしてフィクションに何ができるだろうと、すくむ思いでいたドラマのライターは私だけではなかったでしょう。

巨大な悲劇の容赦のなさをつきつけられては、なまじの助け合いの物語も、生きる力をとり戻すつくり話も、そらぞらしいばかりです。ドキュメンタリィなら、単純な美談でも人を打ちます。事実なら文句あるかですが、嘘で単純ではどうにもならない。

といって単純からのがれようとすれば、ドキュメンタリィが立入れなかった人間の暗部に触れることになりがちです。そこは、実在の誰でもない嘘の話だからこそ立入れる世界ですが、あの悲劇の日々をいまも生きている人々はそんなドラマを見たくもないでしょう。もっと即効性のある「笑える話、現実を忘れることのできる話」ということになれば、震災の事実からはなれがちになるのは、ある程度自然なことでもあるように思います。

何を弁解してるんだ、といわれそうですが、書き終えても、広大な浜辺のほんの数個の小石を拾ったにすぎないという思いでいます。

あの震災を書かないか、といって下さり、自由に書かせてくれたテレビ朝日の諸兄姉に感謝しています。なにかあったら、私の責任です。

五年目のひとり

テレビ朝日　開局55周年記念
山田太一ドラマスペシャル
２０１６年11月19日放送
文化庁芸術祭参加作品

チーフプロデューサー
　五十嵐文郎（テレビ朝日）
　近藤　晋（Shin企画）
ゼネラルプロデューサー
　内山聖子（テレビ朝日）
プロデューサー
　藤本一彦（テレビ朝日）
　藤田裕一（ロビー・ピクチャーズ）
音楽　川井憲次
監督　堀川とんこう

［登場人物］

木崎秀次
上野弘志
上野春奈
松永　満
松永晶恵
松永晋也
松永亜美
宮本イッ子
高沢雪菜
花宮京子

渡辺　謙
高橋克実
木村多江
柳葉敏郎
板谷由夏
西畑大五
蒔田彩珠
大出菜々子
原　舞歌
市原悦子

●ある中学校・校庭（昼）

文化祭。校庭で生徒のブラスバンド。哀調のある曲。かなり上手。人々。

●教室

展示も楽しい。しかし、隅で係の女生徒二人（イッ子と雪菜）が腰かけてそれぞれスマホをやっているだけで、客は秀次だけ。

秀次「（元気な生徒の絵を見ていて、別の絵に移る）」

女の先生「（教師であることを示す腕章かなにかをつけて入って来る）」

イッ子「（素早くスマホをかくす）」

雪菜「（かくす）」

女の先生「（動きは静かで、生徒二人にうなずいて秀次を見る）」

秀次「（絵の前で動かない）」

女の先生「（ゆっくり秀次に近づき）失礼ですが、生徒のお父様でいらっしゃいますか？」

秀次「あ、いえ。近くへ越して来たばかりで、どんなふうかと思って」

女の先生「それは、ようこそ」

秀次「ブラスバンドが上手なんで」

女の先生「ありがとうございます」

秀次「門のところでＰＴＡの方かな、どうぞって」

女の先生「はい、どうぞです」

秀次「十四歳の娘が――」

女の先生「本校へ？」

秀次「いえ、事情があって遠くにいます」

女の先生「そうですか」

秀次「うまいなあ（と絵を指し）発表会。凄いなあ（と別の絵に移って行く）」

●廊下

少しばかりの来客と生徒。
そこへ走って来る亜美。スポーツタオルをかけ、ダンスの仕度。

●教室

亜美「（とびこんで来て）あ、先生（すぐ生徒二人へ）十五分早くなったの。予定より十五分。あと十分ちょっと。見に来て」
イッ子「行く」
雪菜「行く」
亜美「あ、先生はいいです。プレッシャーだから。フフ、私のせいでみんなコケたら、死ぬ（といってもう廊下へ）」
イッ子「すいません、先生（とすぐ廊下へ走る）」
雪菜「すいません（とすぐ追う）」
秀次「いま来た子は――（内心ショック）」
女の先生「リズム・ダンスでしょう。体育館で」
秀次「いま来た子は――」
女の先生「ですから、リズム・ダンスがはじまるんです。体育館で――」
秀次「そう。分ります。リズム・ダンス（動揺をおさえ）フフ」
女の先生「はい。私は絵の教師なので、この辺に」
秀次「分ります。リズム・ダンスですか」
女の先生「はい」
秀次「知らないなあ、そういうの。フフ」

●中学校・体育館

亜美を交えたリズム・ダンスがはじまる。
それを人々の後ろめで見ている秀次。
亜美たち、見事に演じ切る。拍手。
イッ子と雪菜、立上って大拍手。イッ子が吹ければ鋭く口笛。

秀次、動けない。

●『ここだけのパン屋』表（夜）

雨。二つの傘が近づき、先の女物の傘がつぼめられる。

●店内

閉店後で店の灯りは落ちている。

京子「（ガラス戸をあけ）花宮です。よろしいかしら？」

仕事場が奥にあり、そこに灯り。

弘志の声「ああ、やってるとこ」

京子「なにをやってるとこ？」

●仕事場

弘志「（パン、こねの機械にパン生地を入れ終るところ）明日の下準備。終るよ、すぐ」

京子「（のぞいて）そういうことやってるのね、パン屋さんは」

弘志「連れて来て、くれたんだ」

●店

秀次、たとえば濡れた傘を隅に置く。

京子の声「そういったでしょう」

●仕事場

弘志「本当かよって、思ってた」

京子「嘘ついてどうするの？」

弘志「助かるよ。女房と二人でやっててさ、急に膵臓だなんて入院されて、パン焼いて、レジやって、老人ホームの配達が入って、どうしようかと思ったよ」

京子「よろしく――」

弘志「念を押すようだけど――」

京子「どうぞ、押して」

弘志「金は――つまり――」

京子「一銭もいらない」

弘志「半年余り病気だった」

京子「だから、体力をつけるために、なにかのお手伝いをしたい」

●店内

灯りがつく。仕事場の方へ「こんばんは」と一礼する秀次。

弘志「(店の灯りにスイッチを入れたところ。手を洗ったタオルを持って)——へえ——へえ(とひるんだ思い)」

秀次「(一礼)こんばんは」

京子「(弘志に)ね。立派でしょう。上背もあるし」

秀次「いえ——」

弘志「えーとね(と秀次から目をそらす)」

京子「なに?」

弘志「お話はね、ありがたく伺ったけどね」

京子「けど、なに?」

弘志「うちは食べもの商売なんでね」

京子「分ってるわ」

弘志「病み上りの人で、なんかあったら」

京子「骨折よ、骨折。複雑骨折で時間がかかったの。伝染とか感染とか、そんな心配は一切ないの」

弘志「いや、只(ただ)だっていいわれてね」

京子「そうよ。こんな人めったにいるもんですか」

弘志「来て貰って悪いけど——」

京子「なに、それ? ちょっと会って、見たばっかりで、それはないでしょう」

弘志「立派すぎるよ。大きすぎる」

京子「それが、なに?」

弘志「店にはね、店のサイズってもんがあるのよ。女房の代りに、この人が店にいたら、みんな引くよ」

京子「引かないわよ。大評判になって、お店のドア、こわれちゃうわよ」

●松永家近くの歩道橋（午後）

下校時の服装で亜美が家に向って昇って行く。少しおくれて秀次が、亜美を追って昇りながら「君、ちょっと、君」と呼びかける。

亜美「（橋の部分を半分ぐらい歩いて、自分かと振り返る）」

秀次「（昇り切りながら）すばらしかった」

亜美「（自分じゃないかと思い、先を見る）」

秀次「君だよ。発表会のリズム・ダンスの君はすばらしかった」

亜美「どこが？」

秀次「全部だ。見事だった」

亜美「ううん、悪い癖が出たし」

秀次「そんなことはない。きれいだった。一番だった。誰にも負けなかった」

亜美「見てくれたんですか？」

秀次「見なくて、こんなことはいわない」

亜美「誰かのお父さんですか？」

秀次「きれいだった。一番だった。びっくりしたよ（と笑顔で戻りかけ振り返り）一番だった。きれいだった（と明るくいって戻って行く）」

亜美「なんだよ、これ（と呟く）」

●松永家近くの道

亜美、歩きながら、笑みがこみ上げて来て早足に。

●松永家のあるマンション・表

亜美、急ぎ入って行く。

●マンション・エレベーター

亜美、気が急く。

●マンション・廊下

亜美、部屋へ急ぎながら鍵を出す。

●松永家・玄関
　亜美、入って来て「ママ」という。

●居間
　晋也（しんや）が、それぞれ20キロのダンベルを両腕で
　持って、トレーニングしている。
亜美の声「ママ、どこ？」
晋也「（聞こえないように、ダンベル）」
亜美「やだ。お兄ちゃんだけ？」
晋也「知らねえよ」
亜美「ママ、今日遅番でしょ。五時まではいるで
　しょ」
晋也「遅番だって出掛けるだろ」
亜美「ほんと、こういう時、ママいないんだから
（と食卓かなにかにカバンをほうり）私ね（と
　晋也の反応なく）私ねえッ」
晋也「なんだよ（とダンベル）」
亜美「一番きれいだっていわれたの」
晋也「どこが？」
亜美「どこがじゃないよ全部よ。発表会のリズ
　ム・ダンスで、一番よくて、ルックスも一番だ
　って」
晋也「誰が？」
亜美「誰がって私がよ。一番すばらしいって」
晋也「コーチが？」
亜美「コーチじゃないよ。見てた、誰かは分らな
　いけど、ちゃんとした男の人」
晋也「誰よ？」
亜美「だから、誰だか分らないけど、中年の男性
　で、遠くから見てて、私が一番光ってたって」
晋也「遠くから分るのかよ」
亜美「遠くの方が分るのよ。全体が見えるでしょ。
　いま、歩道橋のとこで私を待ってたんだよ」
晋也「やばいじゃん」
亜美「イッ子と雪菜と国道で別れてさ、歩道橋昇
　りかけたら後ろから『ちょっと』っていうから、
　振り返ったら、その人が私を指さしてるのよ」

晋也「歩道橋でか？」
亜美「中学の発表会のあんたは一番だったきれいだったって。それだけって」
晋也「それだけ？」
亜美「戻って降りて行っちゃった」
晋也「それで？」
亜美「それだけよ」
晋也「そんな自慢俺にするなバカ」
亜美「お兄ちゃんにいったんじゃないでしょ。ママがいないから、仕様がないからお兄ちゃんにいったのよ。あー、なんて家！」

●松永家・マンションの前（夜）

パトカーが停っている。

●松永家・居間兼ダイニング

中年の警官と三十代の警官が来ている。年輩の方は食事の椅子に掛け、若い方は立っている。テーブルを中に置いて、母の晶恵と亜美。

少し引き気味に、父の満と晋也が掛けている。
中年の警官「うーん、つまり、どういう人物か、娘さんは、瞬間のことでよくおぼえていない、と」
亜美「はい」
晶恵「そんな訳ないでしょ。一番きれいだっていわれて、とんで帰って来て、背丈も顔も服装もおぼえてないわけないでしょ」
晋也「中年とはいってたけど――」
晶恵「その中年が問題よ。中年の、知らない男が、この子を一番きれいだって、わざわざ追いかけて、どうしていうの」
中年の警官「そりゃあ、娘さんが一番きれいだったからでしょう」
晶恵「そんな訳ないでしょう。いくら親馬鹿だって、二十何人だかの生徒の中で、うちの子が一番きれいだなんて、そこまで自己中じゃないわよ」
亜美「ママはいつもそう。うちの子はダメ、うちの子は仕様がない、うちの子はつまらない」

晶恵「いったことないでしょう」
亜美「自分の劣等感でいってるのよ。自分の子が
　一番だなんて信じられないのよ」
満「もうよせ。警察呼んだなんて信じられない
　よ」
晶恵「呼んだわけじゃないわよ。電話で話したら
　来てくれちゃったのよ」
中年の警官「いや、いくらでも呼んでくれていい
　んだが」
三十代の警官「なんでも通報して下さい」
中年の警官「ただね、この件は、今日はじめて一
　回だけのことだよね」
晶恵「一回だけだって、変ですよ。怪しいでしょ
　う」
満「分ったよ、もう。何度もいうなよ」
晶恵「なにが分ったの。父親がもういいみたいな
　こといわないでよ。なんだってひと事みたい
　に」
中年の警官「奥さん」
晶恵「起ってからじゃあ、おそいから掛けたんで
　す」
中年の警官「それでいいのよ。ただね、来たつい
　でに、蛇足でいうけど、このくらいのね（と亜
　美を指し）年ごろの娘さんは、平凡に見えて、
　時にびっくりするくらいきれいなことがあるん
　ですよ」
亜美「ううん。私だってちょっと変だと思ってる。
変よね、私が一番だなんて。そんな訳ないし。
あー、お兄ちゃんやママになんかいうんじゃな
かった」

●『ここだけのパン屋』表（朝）

　ワイシャツにネクタイの秀次が、外回りの掃
除の終りがけでチリ取りにゴミを集めている。
　入口のドアはあいている。
弘志「（仕事着で仕事場から出て来て）やっぱり
　来て貰ったけどね」
秀次「はい（とゴミをチリ取りに）」

弘志「こうやって見ると、会社のついでに来たみたいかなあ（と秀次の服装をいう）」
秀次「はい」
弘志「ネクタイとろうか」
秀次「はい」
弘志「いう通りしなくてもいいんだよ、大人なんだから（と中へ）」
秀次「あ、あの――」

●店の中

弘志「なに？（と仕事場へ）」
秀次「棚に昨日の食パンがまだあるんですけど――」

●仕事場

弘志「いいんだ（たとえばホイロの仕上りをのぞいたりする）サンドイッチのパンは一晩置いた食パンの方がしっとりするんだ」
秀次「あ、サンドイッチ、これからつくるんですか」
弘志「具は冷蔵庫だよ。訳ないよ」
秀次「覚えます（と会釈して店へ）」
弘志「木崎さんよ」
秀次「はい（と戻る）」
弘志「オレ、花宮さんの義理で、あんたに来て貰ったけど、パンづくり教えるつもりはないからね」
秀次「はい」
弘志「オレがパン焼いて嫁が店やって十七年やって来た。やっとここまで特色を出して来た。簡単にノウハウ覚えられてたまるかよ」
秀次「はい」
弘志「（自制して）いや、女房の入院なんてはじめてでね」
秀次「はい」
弘志「只っていうのは助かるけど、そっちのリハビリいたわってる余裕はないんだよ」
秀次「はい」

弘志「呑気（のんき）にやってくれよ」
秀次「はい（と一礼）」

●スーパーなどがある一画（夕方）

　亜美とイッ子と雪菜がソフトクリームをなめながら。

イッ子「捜すって、どうしたらいいのよ」
亜美「この辺の人だと思うの」
雪菜「すげえ齢（とし）なんでしょ？」
亜美「すごくはないけど」
イッ子「おじんなんだ」
亜美「そうだけど会いたいの」
雪菜「どうして？」
亜美「え？」
雪菜「そんな奴にどうして会いたいの」
イッ子「そうだよ」
亜美「いいたくない」
イッ子「どうして？」
亜美「（笑ってしまう）」
雪菜「なに、それ」
イッ子「なに、それ」
亜美「いいたくない（笑って）いいたくなーい（と笑ってしまう）」

●『ここだけのパン屋』（午前中）

　赤ちゃんを背負って三歳ぐらいの子を連れたお母さんが入って来る。

秀次「（ワイシャツとネクタイではなく、さっぱりした着こなしでレジにいて）いらっしゃいませ（馴れてはいない。目の前の老人に）はい、すいません（と問い返す）」
老人「三百いくら？」
秀次「あ、六十八円です。三百六十八円です」
中年女性「バンズはないのよね」
秀次「えーと、ワンズですか？」
中年女性「バンズ」
弘志「（仕事場から顔出し）すいません。すいません。バンズは焼いてません。すいません」

秀次「ああ、バンズ。ハンバーガーのパン」
中年女性「ないわよねえ」
秀次「すいません」
老人「（金をまだ出していて）六十いくら？」
秀次「六十八円です。すいません」
他にも二人ほど客がいる。

●『ここだけのパン屋』店内（夜）

閉店後。小さなテーブルを持ち込んで、それぞれの椅子もバラバラで、京子と秀次と弘志が焼酎の水割とたとえばレストランの出前かなにかでのんでいる。

京子「じゃあ、もう一回乾杯」
弘志「乾杯」
秀次「それはほめすぎです（と苦笑しながらも、グラスを上げ）やっとやっと。マスターの応援で、なんとか使って貰ってます」
京子「（もうのんで）ではでは、なんで私がこの人の面倒を見ているかというと、同郷なの、同郷」
弘志「そうかなとは思ったけど」
京子「いわなかった」
弘志「ええ――」
京子「秘密」
弘志「どうして？」
京子「私じゃないわよ。この人（秀次）が、いいたくないの」
秀次「（真顔でうなずく）」
弘志「日本に、そんなところがあるんですか」
京子「ないわよ。だから私は秘密でもなんでもない。この人がいいたくない、というから内緒」
秀次「話変えましょう」
京子「私はね、この土地で妹が、ほら」
弘志「老人ホームを経営してる。立派」
京子「立派ばかりじゃないけど」
弘志「いい御夫婦で、うちのパンを大事にしてくれて（と一礼）」
秀次「はい（承知している）」

京子「私は、故郷(ふるさと)で一人になって、妹が来ないかというから来た。妹のホームに入りたい訳じゃないのよ。アパート借りて、むしろホームに貢献してる」
弘志「入居者の外出を一手にね」
秀次「そういうことといわないからなあ」
京子「いい触らすことじゃないでしょ」
弘志「ホームはさ、入ってる人が勝手に外出するのは困るんだよね」
京子「事故があったら、全部いわれるから」
秀次「はい」
弘志「一回につき一人限定で、買い物でも病院でも行ってあげるんですよねぇ」
秀次「立派」
京子「ううん。妹はいくらかくれるなんていうけど、そんなんじゃないっていってきっぱり断ってるの」
弘志「立派」
京子「この人（秀次）が、故郷で、退院して、一人でいるっていうから、ここへ来ないかって誘ったの。つき合い長いからね」
弘志「そうですか」
秀次「（うなずく）」
京子「そうしたら一週間もたってないのに、こちらの奥さんが入院で困ってるっていうでしょ。これ社会復帰にいいんじゃないって」
弘志「でも、只っていうのは、めったに――」
京子「只じゃなきゃ、こんなオジサンやとわないでしょう」
弘志「やといますよ。よくやってるし、そりゃあ、只はありがたいけど――」
京子「本音」
弘志「いいのかなあって――」
京子「いいの、いいの」
秀次「こっちこそ（と一礼）」

●スーパーの前（夕方）

亜美が両手にふくらんだ袋を提げて道へ歩き

かけて、ドキリと立止る。

側の道路で信号待ちをしている車の脇に同じく信号待ちの自転車に乗る秀次を見たのだ。

亜美「あ（と小さく声が出るが、どうしたらいいか分らない）」

信号が明滅する。亜美、迷う。

秀次、スタート。

亜美、猛然と追いかける。

●メイン道路

秀次の自転車が走る。『ここだけのパン屋』のロゴの入ったプラスチックケースを後ろにのせている。

亜美、走る。両手にスーパーの買い物。肩からショルダー。走る。

秀次、気づかない。

亜美、走る。しかし、見る見る秀次に引き離されて行く。

秀次、脇道へ入って行く。

亜美、走って脇道へ入る。

●脇道

秀次の自転車、もう見えない。

亜美、かまわず更に右折か左折しているなと走る。止まる。

●老人ホーム『常緑樹』表

秀次「（自転車の荷台のパン屋のロゴの入ったケースのゴムをはずしている）」
亜美「（荒い息で、少し近づいて行く）」
秀次「（気がついて亜美を見る）」
亜美「（荒い息で立止まる）」
秀次「ああ（とドキリとしている）」
亜美「（一礼）」
秀次「こないだは、いきなり脅（おど）かしちゃったね」
亜美「それって、違いますから」
秀次「なにが？」
亜美「一番なんていわれたことないから嬉しかっ

たけど――嬉しいけど、それ、全然ホントじゃないですから」
秀次「一番だよ。よかったよ」
亜美「一番は一番でも補欠候補の一番。変なこといわないでよ（行きかかる）」
秀次「待って」
亜美「（立止る）」
秀次「これ、届けたらすぐ終る。少し話が出来ないかな」
亜美「警察が――」
秀次「警察？」
亜美「私に近づくと、警察が――」
秀次「警察にいったの？」
亜美「私はいわないけど、母親が騒いでいったから近寄らないで下さい（と一礼して荷物を提げた姿で表通りの方へ）」
秀次「君をほめたかっただけだよ」
亜美「だから追いかけたの。近づかないで下さい。警察につかまるのは困るから（と一礼して大通りの方へ）」
秀次「――（見送るだけ）」

●『ここだけのパン屋』表（夜）

シャッター通りが暗い。店の表で、しゃがんで、暗い通りを見つめている秀次。人のいない通り。なにかが見え、それを振り払うように頭を振り、もう一度見る。

●錯覚の『ここだけのパン屋』の表

秀次の間近に牛が一頭せまる。

魅入られたように、その牛を見つめる秀次。

ハッと目を伏せかぶりを振る。少し息荒くもう一度見る。牛は一気にはなれている。しかし、こっちへやって来る。

止ってはいない。やって来る。

弘志の声「おい――どうした？（牛消える）」

●『ここだけのパン屋』表（夜）

秀次「ああ」
弘志「ああって、とっくに帰ったろ、なによ？」
秀次「（しゃがんでいたのが、尻をついていて）はい——はい（としゃがんでいる弘志に合せてしゃがもうとする）」
弘志「いや、いいんだ（と立上り）いま、桃をな、ふたつもらったんだ（と袋の中の一個をとりながら）ひとつ袋ごと持ってくか？」
秀次「（ちょっと手をついて立上ろうとしながら）いただきます」
弘志「誰かと思ったよ」
秀次「組合の寄り合いでしたね」
弘志「ああ、シャッターの店、また二つ増えたからな」
秀次「通りかかって、奥まで暗いんで、あ、寄り合いだって、マスターいってたなって」
弘志「用事——かよ？」
秀次「いえ、通りかかっただけです」
弘志「アパート遠いのに、今ごろこんなとこ通りかかるなよ」
秀次「そうですね。ほんと（苦笑）」
弘志「木崎さん」
秀次「はい」
弘志「複雑骨折だったというのは嘘だよね」
秀次「あ、決して感染するような病気ではありません」
弘志「本当はなんだなんて聞かないよ」
秀次「はい」
弘志「この何日かで、あんたが、なにか抱えているのは感じてるよ」
秀次「すいません」
弘志「でも、いたわってる余裕はないんだよ。シャッター通りになって行くし、ずっと元気で来た女房が膵臓でひでえ痛みようで、入院して手術だよ。それどころじゃないんだよ」
秀次「はい」

弘志「手伝ってもらって助かってるが、そこんところぐらいで頼むよ」
秀次「こちらこそ」
弘志「見回しても、みんなギリギリだもんな」
秀次「はい」
弘志「冷めたいようだけど、お互い自分でなんとかしようよ」
秀次「はい。すいません」
弘志「一杯やるか」
秀次「いいえ、自分で――（一礼）」
弘志「ごめんな（桃をさし出す）」
秀次「いいえ（と一礼。その桃を受けとる）」

●『ここだけのパン屋』（午後）

秀次が幼児を連れた母親のレジの相手をしている。他に客はなく棚のパンもかなり減っている。

秀次「はい、三百二十四円のお返しです。これ、おねえちゃんへのおまけ（と折り紙で折ったペンギンを渡す）」
母親「ほーら、貰えた。これが目あてだもんね」
幼児「ありがとう」
秀次「今度はツルを折っておこうかな。鳥のツル。分る？」
幼児「ペンギン」

●仕事場

弘志「――（一段落して、手を止めて店の声を聞いている）」
秀次の声「ペンギンかあ。ペンギン好きなんだ」

●店の表

幼児「うん」
秀次「よーし、ペンギン折るね、今度も」
幼児「うん」
母親「ありがとう」
秀次「ありがとうございました」

●店の中

弘志「木崎さん（仕事場から店内へ顔を出す）」
秀次「はい」
　と弘志を見る。
弘志「小一時間休んでいいよ。一人で大丈夫だ」
秀次「こうやってるのがいいんですよ。立ったり座ったり折り紙なんて思い出して——折ってみたり（通りを見て、固まる）」
　亜美が秀次を見て立っている。
弘志「ペンギン受けてるね」
秀次「いえ（とちょっと目をそらすと）」
亜美「（いない）」
秀次「すみません」
弘志「うん？」
秀次「こうやってるのが一番といいましたけど」
弘志「なに？」
秀次「ちょっと、急にお言葉に、甘えます」
弘志「いいよ」
秀次「ありがとうございます（と外へとび出す）」

●表の通り

秀次「（一方へ走って、亜美がいないのでもう一方へ）」

●『ここだけのパン屋』の店内

　秀次が走って横切って行くのを弘志が見ている。

●近くの別の通り

秀次「（歩く亜美の前に走って追いつき）まさか、と思ったよ。まさかって——」
亜美「すいません」
秀次「よく分ったなあ」
亜美「自転車の、プラスチックのパンのケースにロゴが——」
秀次「そうか」
亜美「はい」

秀次「あれを見てくれたかなあと思っていた」
亜美「はい」
秀次「こっちは捜してはいけないだろうと思ってた。でも、あれで終りじゃ淋しいとも思ってた」
亜美「（歩き出し）ここらで誰かが見てることはないと思うけど、母親が警察にいっちゃったから、見つかると、面倒くさいと思うから」
秀次「ちゃんというよ。警察にだって、お母さんにだって」
亜美「なんていう？」
秀次「あやしいもんじゃないって——」
亜美「でも変でしょう。私が一番——だなんて。そんな訳ないんだもの」
秀次「きれいだよ」
亜美「でも、それ、普通じゃないでしょう。誰も、私のこと、そんなふうにいう人はいないし」
秀次「私は感じたままだよ。いわずにはいられなかった」
亜美「でも、普通には、それって、知らないおじさんが、私をひっかけようと思って嘘いってるって思いますよ」
秀次「君もそう？」
亜美「母親にいわれると、そうかもって」
秀次「そんなんじゃないよ」
亜美「会うと、そんなんじゃないと思う」
秀次「そんなんじゃない」
亜美「でも悪い奴もそういうでしょう」
秀次「そんなんじゃない」
亜美「分らない。大人の男なんか、分らない」
六十代ぐらいの女の人が「ちょっともしもし」と顔をのぞかせる。
秀次「あ、はい」
亜美「はい」
六十代ぐらいの女の人「（亜美に）大丈夫かな？」
秀次「あ、そんな（と忽ちの誤解に当惑）」
亜美「父です。ただの父です。フフ」
秀次「ただの、父です。フフ」

●走るバスの中

窓外風景。亜美、乗っている。はなれて秀次も乗っている。

●たとえば川べり

神社の境内(けいだい)とか。秀次と亜美がいる。人は他にいない。

亜美「会わないっていったのに、変だと思うでしょうけど」

秀次「思わないよ。きっと来てくれると思ってた」

亜美「どうして？」

秀次「君は――」

亜美「――」

秀次「だから、――特別だから」

亜美「どこが特別？」

秀次「全部だよ」

亜美「私のなにを知ってるの。なんにも知らないでしょう」

秀次「君だって、友だちのなにを知ってる？　あまり知らなくても友だちになってるだろう。一番好きだなんて思ったりするだろう」

亜美「でも、間違ったりすることもある」

秀次「私は間違わない」

亜美「――」

秀次「間違わないよ」

亜美「分らないでしょう」

秀次「いい合いなんかしたくない」

亜美「私もしたくない。もう会わないといったのは、私をほめてくれた人が、警察に捕まったらいやだと思ったからで――」

秀次「ありがとう」

亜美「でも、はずかしいけど、また会いたくなりました」

秀次「私もだよ」

亜美「私は自分をすごくダメとは思ってないけど、一番だといわれた時、あ、一番といわれたことは一度もなかったなって、ほんとはとてもびっくりして、歩きながら嬉しくなって、帰ったらお兄ちゃんしかいないので、ついお兄ちゃんに話したらクダラネエとかいったくせに、帰って来た母親に話して、うちの母親はうちの子が一番とかきれいだとかいわれるわけがないって、悪い奴が中学生の女子を狙ったんだって、一一〇番へかけて、警官が二人も来て、これじゃあ、おじさんに会えないじゃないですか」
秀次「私が——おじさんが、出て行っていおうか」
亜美「なにを?」
秀次「本当のことだって。君は、きれいで、一番だって」
亜美「何処が? っていわれる」
秀次「君はきれいだ」
亜美「よそ行っていわないで」
秀次「君は一番だ」

●小さな甘味の店(表)
まだ明るい。静か。

●小さな甘味の店
他の客はいない。秀次と亜美の席に二人分の磯辺巻きと抹茶を運ぶ女将(おかみ)。
女将「お待たせしてごめんなさい」
秀次「あ、来たね」
亜美「ああ(とその方を見る)」
女将「渋いお客様。フフ(と盆を置く)」
秀次「どこが?」
女将「磯辺巻きに抹茶って格好いい」
秀次「そうなの」
女将「普通はねぇ、もっと餡蜜(あんみつ)とかアイスクリームとか——」
秀次「そうかなあ。ほんとはこのくらいの年は肥るから、甘いもんは避けてるんじゃない?」
女将「そんなあ——勿論そういうお客さんもいら

っしゃるけど（亜美に）ねえ」
亜美「はい」
秀次「もっと甘い方がよかったか？」
亜美「ううん、抹茶も好き――でーす」
秀次「そうか――」
女将「（亜美へ）ねえ。先生の前で、ちょっと緊
張してるのよねえ」
亜美「いいえ――」
秀次「先生だと分った？　親子だとは思わなかっ
た」
女将「それは、もうなんとなく――ごめんなさい
余計なこと。ごゆっくり（と去る）」
秀次「フフ、抹茶で餅っていうのも、少し変か？」
亜美「正直ちょっと抹茶って味を忘れてる」
秀次「煎茶も頼もう」
亜美「ううん（と止める）」
秀次「なに？」
亜美「経験あるもの（と大ざっぱな見様見真似で
ぐーっと一息で抹茶をのんでしまう）」
秀次「どうだ？」
亜美「うん――」
秀次「うん？」
亜美「結構な――」
秀次「うん――」
亜美「味。だよ」
秀次「そう来たか（と笑い出す）」
亜美「笑わないで、教えてよ、先生でしょう（と
笑ってしまう）」

●中学校・体育館（午後）

リズム・ダンスの練習。
メンバーと一緒に、亜美、うまい。
コーチ、満足。

●大きな公園（昼）

京子と弘志。京子が車椅子の老婆を押して、
ベンチに近づく。老婆は眠っている。
京子「ああ（ベンチが）やっとあいてた」

弘志「で、その、うちのがいうにはですね」
京子「いうには？」
弘志「オレが木崎さんのことを、なにも知らないのは呑気すぎないかって」
京子「そりゃあ奥さん、まともだわ」
弘志「いや、こっちはなんのリハビリにせよ、只で手伝ってくれて、結構よくやってくれてる人が――いいたくないといってることを聞いちゃ悪いだろうと思ってね」
京子「ありがと」
弘志「よそへいうなってことならいいません。でも、職業はなんだったのか、本当の病気はなんだったのか、出来れば何処（どこ）の人なのか、そのぐらい、知っててもいいかなって思って」
京子「そりゃあそう」
弘志「定休日のがすと、また一週間先になるんで――」
京子「あの人はね、福島」
弘志「福島ですか」
京子「私も福島で、このホーム経営している妹も福島（とちょっと車椅子に触れる）」
弘志「はい」
京子「でも妹は結婚して、ここらが長いから津波は関係ないの」
弘志「津波ですか――」
京子「木崎さんはね、奥さんとね。地震で急いで家へ帰った高校生の坊やと、学校ごとやられた中学三年生になる寸前の娘さんと――それから」
弘志「はい」
京子「二軒はなれたお父さんとお母さんと、奥さんの実家の、岩手の大船渡（おおふなと）の、御両親とお義姉（ねえ）さんも――」
弘志「はい（と小さく）」
京子「あの、三月十一日の、お昼すぎの、地震のあとの――まさかまさかの大津波で、みんな、ごっそり、いなくなったの」
弘志「それは、なんとも」

京子「だから木崎さんは、いいたくない。いえば
　みんな固って、『それはなんともお気の毒で』
　というだけになってしまう」
弘志「木崎さんひとり、助かった」
京子「いなかった」
弘志「いなかったんですか」
京子「仙台の大学にいた」
弘志「大学の先生ですか」
京子「たまたまね」
弘志「たまたまですか」
京子「もういいでしょう。それだけで——それだ
　けいうんで疲れた」
弘志「(京子のことを)そちらはどうだったんで
　すか、津波は?」
京子「しばらくして、亭主が死んだんで、家たた
　んで、妹のいる、この土地で気楽なアパート暮
　しよ」
弘志「(それだけではないとも感じ)そうですか」
京子「私より木崎さんでしょう」
弘志「いや、もう、それだけ伺えば——」
京子「あの人、もの凄く働いたの。事実、やるこ
　と一杯あったからね。この人、家族の死んだこ
　とを忘れたのかな、と思ったこともあった」
弘志「そんなことはないでしょう」
京子「二年がすぎて、三年目の秋にね」
弘志「はい」
京子「自分で、おかしいから、休みたい、入院し
　て治したいって」
弘志「三年目の秋ですか」
京子「人によっちゃあ、悲しい気持がおくれて来
　るのね」
弘志「三年もたってねえ」
京子「しゃべってると涙が出て来るの。関係ない
　ことなのに、涙を流すようになって、自分から
　入院したの」
弘志「じゃあ、骨折っていうのはやはり嘘」
京子「でも感染するような病気じゃない」
弘志「それは——(うなずく)」

京子「すっかり癒（なお）って一人でいるっていうから、土地をはなれなさい、このあたりもいいところだから、来てみなさいっていったの」
弘志「そうですか」
京子「あの人、どっかおかしい？」
弘志「いいえ、しっかりしてます。少しおかしいぐらいは、こっちも負けていませんから（と笑う）」
京子「ありがとう」
二人、笑い合う。

●『ここだけのパン屋』表（夕方）

亜美、少しはなれて中を窺う。誰もいないように見える。ドアへ。

●店内

亜美「（入って来る）」
弘志の声「（仕事場から）いらっしゃいませ」
亜美「あ、こんにちは（とつい小声）」
弘志「丁度いいな（と現われ）あと六分強でメロンが焼けますよ」
亜美「メロンを焼いてるの？」
弘志「メロンパンよ。メロンパン。いつもはこんな時間じゃないんだけど、注文入ってね、余分があるからよろしかったらどうぞ」
亜美「はい」
弘志「棚もうあんまりないでしょう」
亜美「はい」
弘志「この辺の人は、夕方あんまりパン屋へ来ないんだよなあ」
亜美「駅前なんかのは結構夕方」
弘志「売れてるよねえ、痛いことというなあ（と笑って）でも、うちのが本当は一番。ハハ」
亜美「あの、御主人は、いますかっていうか」
弘志「いますよ。私、主人。マスター（と自分を指す）」
亜美「でも、お店のロゴの入った自転車でちょっと背が高くて立派というか」
弘志「ああ。彼はバイト」

亜美「バイトですか」
弘志「木崎さん知ってるの」
亜美「はい」
弘志「そりゃあいいや。よそから来て一人でやってるから心配してたんだ。帰った、今日は」
亜美「そうですか」
弘志「アパート知ってる?」
亜美「いえ――」
弘志「それは個人情報だから教えるわけにはいかないけど――」
亜美「はい」
弘志「いいか?」
亜美「はい?」
弘志「知り合いいないようだし誰かいないかと思ってたんだ」
亜美「はい」
弘志「私もね、行ったことはないんだけど、大変な人だから励ましてやってよ（とレジの引き出しから住所録をとり出し、メモ用紙に秀次の住所をうつすというようなことをして行く）」
亜美「大変な人なんですか?」
弘志「ノーベル賞。ハハ、本人がね、いいたがらないから、こっちも知らん顔してるんだけど――」
亜美「はい」
弘志「東北の津波で、奥さんと息子さんと娘さんと、お父さんとお母さんと、奥さんの実家の両親とお義姉(ねえ)さんと合計八人ごっそり亡くされたんだと」
亜美「へえ」
弘志「その上、知り合いだの友人だの遠い親戚まで入れたら、何十人て人を亡くしたんじゃないかなあ」
亜美「そうなんですか――」
弘志「住所教えていいかと思うけど」
亜美「大丈夫です」
弘志「そうだよね、これ（とメモを渡し）誰かいてくれるといいなと思ってたんだ」

●秀次のアパート・部屋の前（夜）

亜美、チャイムを押す。返事がない。しかし、灯りが少しあるとか在宅の気配がある。

ちょっと待つ。似たような水準の家々のある地域。

もう一度、チャイムを押す。待つ。

秀次「（普段着でドアを少しあけ、誰が来たかはドアのルーペで分っていて）どうして？」

亜美「こんばんは」

秀次「ここを？」

亜美「パン屋のおじさんが――」

秀次「そう」

亜美「携帯聞いたら、持ってないだろうって」

秀次「やめててね（と外に出て）用事ないしね（とドアを閉める）」

亜美「（軽く）パン屋さんかと思ってた」

秀次「手伝ってるんだ」

亜美「来たくなって――」

秀次「そう」

亜美「もっとリズム・ダンスうまくなった」

秀次「ここすぐ分った？」

亜美「少し迷ったけど――」

秀次「バスまだあるよ。送って行くよ」

亜美「どうして？」

秀次「中学生が、こんな時間にいけないよ（と先に道路の方へ）」

亜美「いいの。母はクリーニングのパートだし、父はいつも残業だし、兄は、勝手でさっきもいないし、いいんです」

秀次「でも、送って行くよ」

亜美「聞いたんです」

秀次「なにを？」

亜美「聞いたっていっちゃいけないっていわれたけど、きっと嫌がるからって」

秀次「――」

亜美「どうして嫌がるんですか。いっぱい――いっぱい死んだこと、どうして、いいたくないんですか」
秀次「パン屋の旦那も知ってたのか。いわないで
　通すつもりだった」
亜美「そんなのおかしいですよ」
秀次「いい触らすのもおかしいだろう」
亜美「いわないのも大変じゃないですか。普通に
　いえばいいですよ」
秀次「そうだね」
亜美「そんな大変なこと、普通にいうのも大変か
　も――」
秀次「そうなんだ（と薄く笑う）」
亜美「入れて下さい。まだ（腕時計を見て）八時
　前ですよ。大丈夫ですよ。なにもしません」

●秀次の部屋

秀次「（外からドアをあけ）驚くなよ（ともうひ
　らき直ってあがって行く）」
亜美「誰かいるんですか」
秀次「大勢。死んだ者たちがな」
亜美「なんですか、これ（と上るのをこばむよう
　に置かれた、空の段ボールに驚く。買ったばか
　りの掃除機、電子レンジ、小型の冷蔵庫などの
　箱である。それに、新聞がつっこまれ、週刊誌
　がほうり込まれ、昼間着ていたらしい上着も掛
　けてある）」
秀次「（敷いていた蒲団（ふとん）を二つ折りにして隅に押
　しやり）こちらへ、どうぞ。スペースは、この
　辺りにしかないけど」
亜美「（立ったまま）これ、ちょっとゴミ屋敷っ
　ぽいじゃないですか」
秀次「亜美さんには、見せたくなかった。入れた
　くなかった」
亜美「きちんとした人なのに。こんなの、アリ？
　――」
秀次「フフ、酔ったフリをしたくなるけど酔って
　はいない（と自分をとり戻した声で）この部屋
　を片付けて、清潔に、きちんとしてしまうと、
　ドッと、ドッと淋しくなりそうでね。片付けら

れない」
亜美「――」
秀次「いいですか。知らないおじさんは怖いから、八時前だって、部屋になんか入っちゃいけないんだ」
亜美「――はい」

●バスの中

がら空きのバスに、秀次と亜美、乗っている。
秀次はジャケットを着ている。

●中学校・体育館（昼）

リズム・ダンス。「やめやめ」とコーチ、やめさせて亜美を指し「なに考えているッ」と叱る。
亜美「え？」
コーチ「えってなんだ。えってなんだよ」
亜美「はい――」
コーチ「なに考えてるんだッ」

●たとえばハンバーガー店・表（夜）

●店内

亜美、イッ子、雪菜がのみものを前にして話している。
雪菜「やろう、面白い」
イッ子「面白い、やろう」
亜美「面白いけど、いいっていうかどうか」
イッ子「そこは亜美だよ」
雪菜「亜美がいえば了解するよ」
イッ子「二十人以上も周りの人が一気に死んだなんて」
亜美「親戚とかは八人だけど――」
雪菜「八人だって凄いよ」
イッ子「東北全体だったらもっとひどかったよね」
雪菜「私ら小学生だったから」
亜美「手紙を書いたよ、頑張ってって」

イッ子「書いた」
雪菜「もうすごくたってるのに」
イッ子「まだそういう人いるんだねえ」
亜美「いるんだね」

●秀次のアパート・表（朝）

いい天気。

●秀次の部屋の前

秀次の部屋のドアがあいて、例の段ボールが、形のまま運び出される。雪菜である。続けて、亜美が別の段ボールを持って出て来て「そこでいいよ」と雪菜にいい、自分の段ボールも通路に置きながら「すいません。ちょっとだけここ置かせて下さい」とアパートの左右に向けていってみる。反応はない。

●秀次の部屋

イッ子「（奥のガラス戸をあけ、シーツをはがした蒲団をベランダへ干すために運び出す）」

●秀次の部屋（短くとんで）

亜美「（押入れをあけ）やだ、ここにつっこんである。パンパン（とスーツケースをひっぱり出す）」
雪菜「（手伝って）いいの？　押入れはあけるなって」
イッ子「（台所の掃除にかかっていて）いったっていったよ、亜美」
亜美「（もう一つの旅行カバンもパンパンで畳の上にドスンと置き）あけるなっていったって無理」
雪菜「でも、秘密かも」
イッ子「そうだよ（と来る）」
亜美「それじゃあ掃除の意味ないもん。ここら、いっぱいひろげてあったんだよ」
イッ子「生ゴミもないけど」
亜美「捨てたんだよ、朝」

雪菜「洗濯する物も、ない」
亜美「昨夜コインランドリーへ行ったんだ。なんか用心してるよねえ。全部流されたくせに」
雪菜「大人だもん」
イッ子「そんだけたてばたまるよ」
亜美「もっともっと散らかってたんだよ。だから三人で掃除してやろうかっていったんだよ」
イッ子「誰だって見栄(みえ)はあるでしょ」
雪菜「そうだよ」
イッ子「台所、レンジまわり、油だらけだよ。やること一杯あるよ」
雪菜「そう。窓だって汚れてるし」
イッ子「畳だってダニだらけかも」
雪菜「やだ、それ（と立上る）」
亜美「戻すよ、このまんま戻す（とスーツケースの荷物を叩く）」
イッ子「外の段ボールは、たたんでゴミの日に出せるようにしとけばいいし」
亜美「だから段ボールは、あのままでいいの」
イッ子「どうして？」
亜美「そういったから」
イッ子「そんなことというか？」
亜美「いったもの。淋しいからって」
雪菜「段ボールだよ」
亜美「そう」
雪菜「段ボールがないと淋しいって？」
亜美「（ちょっとおばさんぽく）そう、あの人」
イッ子「なに、おばさんみたいに」
亜美「どこがよ？」
雪菜「（亜美の口調を真似て）そう。あの人」
イッ子「そう。あの人」
亜美「いわないだろ、そんなこと（とぶちかかり、三人で笑ってしまう）」

●『ここだけのパン屋』表（夕方）
中から秀次がドアをあけ、外へ出てドアを押さえる。
秀次「ありがとうございました」

若い母親が赤ちゃんを背負い、三歳ぐらいの子の手をひいて、パンの袋とスーパーの袋に手提げなど持って「どうも、どうも」と出て来る。
秀次「坊や、ごめんね。チョココルネなくなって」
若い母親「クリームも好きだもんね」
坊や「パンダも」
秀次「そうか。パンダもかァ」

●店内

弘志「（仕事場からパンを三個ずつ入れたビニール袋を三個持って出て来て）いやいや立ったままでごめんね（と立ったままの亜美とイッ子へ）これはね、私と木崎さんのね。三個ずつ、うちの自慢のパン」
秀次「（外から入りかけて）バイバイ（と表の母子に微笑を残しドアを閉める）」
京子「（車椅子の穏やかな微笑の老人の脇で自分は店の丸椅子に掛けていて）ごめんなさいね、私らで場所くって」
弘志「いえいえ、狭いのは私のせい。お客さんいなくなっても、立ったままで」
亜美「オッケです」
イッ子「はい」
雪菜「はい」
秀次「（亜美に）今日は本当にありがとう」
亜美「これ、あの、鍵です（と秀次へ）」
秀次「ありがとう。汚れてたろう」
亜美「いえ」
イッ子「いえ」
雪菜「いえ」
弘志「いや、この人（亜美）が見かねていい出したんだから、きれいな訳がない」
秀次「その通りです」
京子「私は話聞いて嬉しかったの。あ、この人は（と車椅子の老人を指し）老人ホームの坂本さん。私は外出の介助。夫でも愛人でもありません」

車椅子の老人「(穏やかにただ微笑している)」
京子「とにかく津波から五年がたちました。世間はまあ、みんなもうなんとか元気になってるんじゃないのと思ってるでしょう。勿論、元気にならなきゃ生きて行きようがないんだから、そりゃあそうなんだけど、そうもいかない人も、いても仕様がない。当り前」
秀次「いいえ、元気です。ちょっと、部屋の掃除を怠けていただけです。すみません」
京子「掃除してやろうなんて、嬉しかった」
三人「(一礼する)」
京子「気持としては二千円ぐらいの図書カード一人一人にお礼したい気持になったけど、お金が入ると汚(けが)すような気がして、お顔だけ見たくて来ました。ありがとう」
三人「(一礼)」

●秀次の部屋(夜)

秀次、帰った姿で灯りをつける。

段ボールが、キチンと整列するように置かれている。畳の部屋には、チラシの裏のような紙に「がんばって! 亜美」「ガンバッテイッ子」「頑張って 雪菜」とそれぞれの筆跡で(ボールペンか?)書いたものが置いてある。

秀次、灯りを消す。もう一度灯りをつける。

「ガンバッテ」の紙、動かない。

●小さな甘味の店・表(昼)

『ここだけのパン屋』のロゴの入った自転車が停められている。パンケース三箱ほどが、荷台にとめてある。

●店内

他に客はいない。その隅の秀次と亜美。

亜美「(まだ水が出ているだけで)水曜日、休みだからお店にはいないと思ったけど——」

秀次「昨日配達した会館へケースをとりに行こう

と思って」
亜美「休みなのに？」
秀次「うん。マスターは奥さんのいる病院だし、
こっちは時間あるしね」
亜美「真面目」
秀次「よくして貰ってるからね」
亜美「私――リズム・ダンスやめた」
秀次「どうして？」
亜美「ダメだから」
秀次「ちっともダメじゃないよ」
亜美「ううん。私は一回も一番なんかじゃない。
私のせいなこと何度もあった」
秀次「練習中は誰だってそうだろう」
亜美「私は一番なんかじゃない。きれいでもな
い」
秀次「ううん、きれいだ。一番だと私は思った。
感じた」
亜美「でもそれ、客観的じゃないですよね」
秀次「客観的な人なんていないよ」

亜美「これってなにって考えました」
「お待たせしましたァ」と女性の店主が、磯
辺巻きとお茶を運んで来る。
秀次「なにを考えた？」
亜美「もしかすると、と思って」
秀次「なにを？」
亜美「――」
店主「ごゆっくり（とさがって行く）」
秀次「ありがとう（と店主の方へいう）」
亜美「津波で、家族の人が、みんな、みんな、亡
くなって――」
秀次「うん」
亜美「かくしてますよね、なにか」
秀次「なにを？」
亜美「変なこと――ごめんなさい」
秀次「なにが変なの」
亜美「――」
秀次「いって――」
亜美「亡くなった人の誰かが私と似ているのかな

って――」
秀次「よく――分った――ね」
亜美「じゃないかな、って――」
秀次「ごめんね。そうなんだ」
亜美「(小さく)へえ」
秀次「うちの中三の娘がね、とっても、亜美さんとそっくりだったんだ」
亜美「へえ」
秀次「学校で亜美さんを見た時、びっくりした。そっくりだった。リズム・ダンスを見ても礼子だと思った。礼子だけに光があたって礼子しか見えなかった」
亜美「私は亜美です」
秀次「そうだよ。勿論そうだ。亜美さんだ」
亜美「(見つめられて目を伏せ)本当は似てないでしょう」
秀次「似てるんだ。こうして見ても礼子だと思いそうだ」
亜美「私は亜美」
秀次「そう、亜美さんだ。考えると私は娘の礼子をこんなに近く見ていなかったかもしれない。小さな頃は、家へ帰ればまっ先に礼子を抱き上げて、高い高いをしたり、サンタクロースになったりしたこともあったけれど、中学生のころはもう、向うが嫌がるからね、しっかり見ていなかったかもしれない」
亜美「似てません。他人だから」
秀次「そうだね。そうだと思いながら、でも亜美さんと会うと嬉しいんだ。あ、礼子はこんな時こういう表情もするのかなんて思ってしまう」
亜美「でも、私は亜美」
秀次「でも、会うとびっくりして、会うと嬉しいんだ。他の子とはちがう。なつかしいんだ」
亜美「(たとえばお茶をのむ)」
秀次「まだ若いから無理だろうけど、亡くなったなつかしい人がいる?」
亜美「おじいちゃんは小一の時に死んだから、なつかしいけど、少し」

秀次「おばあちゃんは？」
亜美「二年前——」
秀次「おととし」
亜美「十月七日午前二時五十七分に——」
秀次「病院で？」
亜美「うん」
秀次「傍にいた？」
亜美「うちで眠ってた。眠ってたけど、おばあちゃんとは、うち、親が共働きでずーっとだから、いっぱい、いっぱい、おばあちゃんとだった（ちょっと声がしめる）」
秀次「ごめんね」
亜美「ちっとも（とそれ以上はしめらない）」
秀次「今ね」
亜美「（うなずく）」
秀次「（近いテーブルを指し）そこに、そのおばあちゃんが、座ってたら、どう？」
亜美「ありえない」
秀次「だから、想像だよ。空想」
亜美「そこ？（と秀次が指した席を指す）」
秀次「そう、そこ——」
亜美「——（テーブルを見ている）」
秀次「おばあちゃんを少し、想像できる？」
亜美「（うなずく）」
秀次「見てる？　亜美さんを？」
亜美「見てない」
秀次「見てないの？」
亜美「おばあちゃんは、私をじっと見たりはしなかった」
秀次「なにをしてる？」
亜美「本を読んでる」
秀次「本を？」
亜美「暇があると、おばあちゃんは、本を読んでいた」
秀次「どんな本？」
亜美「分んない」
秀次「でも、それが浮ぶんだ？」
亜美「そう。おばあちゃんは、頁（ページ）をめくる時、瞬間、親指をなめてめくったの」
秀次「そういう人いるよね」
亜美「それやってるおばあちゃんが浮んでる」
秀次「嫌？」
亜美「ちっとも」
秀次「なつかしい？」
亜美「とっても――」
秀次「いきなり、そのおばあちゃんが、ほんとにそこに座っていたら」
亜美「ありえない」
秀次「でも、私はそうだった。いきなりあの教室で、娘がとび込んで来た」
亜美「私は亜美」
秀次「そっくりなんだ。今もだよ。礼子に」
亜美「（かぶりを振る）」
秀次「ああ、私はバカなことをいっているね」
亜美「変です」
秀次「ああ」
亜美「誰かにいったりはしないけど――」
秀次「変だね」
亜美「帰ります」
秀次「ああ――私がバカなことをいってる」
亜美「（立って、戸口の方へ）」
秀次「礼子」
亜美「（立止る）」
秀次「――」
亜美「（動かない）」
秀次「ごめんな」
亜美「（後姿のまま、出て行く）」
秀次「――」

●松永家・居間（夕方）

晋也が、シットアップベンチ（腹筋背筋のトレーニング用）で、頑張っている。

亜美「（外から帰った勢いで、ベンチと晋也に襲いかかり）なんだよ、いっつも。こんなことばっかりやってて」
晋也「（ころがるようになり）なにすんだよ」

亜美「こんなもんばっか買って」
晋也「買わねえよ。無料だよ。受け継いだんだよ」
亜美「貰うなよ、こんなもの」
晋也「関係ねえだろ。買ったって三千円だよ」
亜美「いっつもそうだ。自分のことばっかり。妹のことなんか思ったこともないんだから」
晋也「どうしたんだ？」
亜美「どうせね、私はね、一番でも二番でも三番でも四番でも（とシットアップベンチに襲いかかり）五番でも六番でも七番でも八番でもないよ」
晋也「九番か？」
亜美「からかうなよッ（と本気で怒る）」
晋也「（ドキリとして）なにがあった？」
亜美「ママにはいわないでよ」
晋也「いわねえよ」
亜美「ほっといてよ（と自室の方へ）」
晋也「いいえよ。なんだよ？」

●老人ホーム『常緑樹』表（午後）

正面のドアから、京子が、老人（女性）の車椅子を押して出て来る。外で待っていた普段着の亜美が、駆け寄ってケアしながら道路に向う。

京子「ごめんなさいね」
亜美「いえ」
京子「（車椅子の女性を）板倉さん」
亜美「（板倉さんへ）こんにちは」
板倉「こんにちは」
京子「（その板倉に）この人（亜美）と会う約束もしてしまったの。日曜じゃないと来られないっていうから」
亜美「すいません」
板倉「ううん。私はね——」
京子「私は、なに？」
板倉「外へ出られれば嬉しいの」
京子「いいところ見つけたの。もう何度も行ってるの」

●たとえば小さな美術館

明るい一角に車椅子の板倉がいる。庭を見ている。もしくは、絵を見て移動している。
別のスペースの休憩用の椅子の一角に、京子と亜美が掛けている。

京子「さて。木崎さんの娘さんと、あなたがそっくりだって?」
亜美「はい」
京子「家へはね、その子が小学校の、二、三年のころかなあ、お父さんと一緒に来たことがあったけど、津波のあった中学三年のころは知らないの」
亜美「はい」
京子「でも、可愛らしい子だったし、あなたもいい顔してるから、きっとそっくりだったんでしょう」
亜美「(薄くかぶりを振る)」
京子「でも、それはそれだけのこと。あなたが重荷に感じることじゃない」
亜美「はい」
京子「御愁傷(ごしゅうしょう)さまって、あなたの言葉でいってあげればいいことじゃない」
亜美「はい――」
京子「それではすまない?」
亜美「ただ――」
京子「うん?」
亜美「奥さんとその娘さんと、お兄さんと、お父さんもお母さんも、もっと沢山同じ日に亡くなったんですよね」
京子「そう」
亜美「へえって、もう会わないことにして、終りでいいのかって――」
京子「会わないことにしたの?」
亜美「少しおかしいっていうか」
京子「少しおかしいの?」
亜美「たぶん、うっかりだと思うけど――」

京子「うん」
亜美「私とお嬢さんを間違えたというか」
京子「どんな風に？」
亜美「帰ろうとしたら――」
京子「うん」
亜美「礼子って」
京子「そう」
亜美「はい」
京子「まだなのね」
亜美「――」
京子「それはダメ。会っちゃダメね」
亜美「ただ――」
京子「（かまわず）私がちゃんと会います。あの人はね。福島で獣医をしていたの。獣医。分る、動物のお医者」
亜美「分ります」
京子「うちは、五十頭ほどの牛のいる牧場を持っていたの。牧場というほどのことはない、牧舎ね。小さな経営よ」
亜美「はい――」
京子「先生は――そう、そのころは木崎さんを先生と呼んでいた。先生だもの」
亜美「はい」
京子「週に一遍は来てくれていた。夫とのんでくれたりもした。その夫も死んだけど、それは地震のせいじゃなくて、そのあとのストレスで、心臓ね」
亜美「はい」
京子「うちのあたりは、地震より放射能でね。シーベルトの高い区域は、知ってのように――知らないかもしれんけど」
亜美「知ってます」
京子「立入り禁止区域ってものになってね」
亜美「はい」
京子「高いシーベルト浴びた牛は、処分することになった。乳牛も肉牛もね」
亜美「（うなずく）」
京子「それが大変だった。見た目元気だもんね」

亜美「はい」
京子「殺すなっていう外からの人もいて、立入り禁止区域に入って逃がしたりした人もいて、なにしろ禁止区域だからすぐには見つからなくて、野生化して手に負えなくて、麻酔銃で撃ったなんて話も聞いた」
亜美「はい」
京子「先生は――木崎さんは、そんなこんなの牛たちの、跡始末を無我夢中のように、よくなさっていた。いつ倒れるか、と周りがハラハラするほどよくなさった。私は、失礼だけど、御家族をいきなり全部失った悲しみから逃げまくってらっしゃるようにも感じた。いろいろ片付いた時は――津波から三年近くたっていた」
亜美「三年も（と少し驚く）」
京子「それから先生はおかしくなった。急に涙を流したり、うずくまることもあった。のみすぎて外で寝て肺炎になりかかったこともあった。疲れが出たんだ、とみんなでいって、熊本だったか、九州の温泉めぐりに連れて行ったという話も聞いた」
亜美「――」
京子「先生は自分で病院に入った。自分で、入った、と聞いた。自分で、心がおかしいと、心がやられていると判断して、入った、と。先生には、そういうところがあった」
亜美「はい」
京子「今ごろなんだよという人もいた。多くの人がようやく、なんとか立上りはじめた時に、やっと家族が死んだことに気がついたのかという人もね」
亜美「そんな――」
京子「一年近く入院して、出て来て、ひとりだと聞いて、私もひとりになってここの妹の近くにいたから、気を変えてここに来てみないかと誘ったの」
亜美「いろんなこと、分りました」
京子「会っちゃダメ」

亜美「あ、はい」
京子「あなたを娘さんと間違えるなんて、とんでもない」
亜美「はい」
京子「もう会っちゃダメ」
亜美「はい」

●たとえばハンバーガー店・表（夕方）

亜美と雪菜とイッ子。食べるなりのむなりしている。店内でも。

イッ子「（亜美の話を聞いて）じゃあ、じゃあ、あの人が亜美ばっかり見てたのは、死んだその子と似てたからってこと？」
亜美「（そう）だって」
雪菜「それってすごい勝手じゃん」
イッ子「普通はさあ。じーっと見られれば」
雪菜「自分がきれいかと思うよね」
イッ子「思うよ」
亜美「きれいじゃないもん」
イッ子「きれいじゃないとはいわないけど」
亜美「私じゃなかったの。終り」
イッ子「おかしいんだ、あの人」
雪菜「ボランティアしてバカ見た」
イッ子「それはないよ」
亜美「家族がみんな死んだんだから」
雪菜「それをいわれたら、そうだけど――」
イッ子「大丈夫？　亜美」
亜美「平気。終り」
雪菜「そっくりなんだ」
イッ子「ほんとに？」
亜美「そういったもん」
雪菜「いっただけ？」
亜美「いっただけって、本人死んでるんだもん」
雪菜「写真」
イッ子「そうだよ」
亜美「家もなにも全部流されたんだから」
雪菜「どっかにある」
イッ子「そうだよ。泥の中から写真が見つかったとか、よくテレビでやってたよ」

●バスの中

亜美、イッ子、雪菜が乗っている。

●秀次の部屋

雪菜、イッ子、亜美の訪問に秀次がドアをあけた形で応じ、写真の話を聞いたところ。

秀次「ああ写真ね」
雪菜「はい」
イッ子「見たいって亜美が――」
亜美「(二人の後ろめにいて)はい」
秀次「どうぞ(と奥へ)」

段ボールは、もとのまま。

秀次「(部屋に入り、敷いてあった蒲団を二つ折りにして隅へ押しやりながら)わりと片付いてるだろう。三人で掃除してくれたんだって思うと、これでも散らかせないでいるよ(三人へ)どうぞ。座布団とかはないけど」

イッ子「失礼します(と入る)」
雪菜「でも段ボールは――」
秀次「そうなんだ。片付けられない」
亜美「(雪菜のあとから部屋に入る)」
イッ子「写真は?」
秀次「ああ、あるよ、座って(と押入れをあける)」
雪菜「(二人に)あるんだ」
イッ子「あるよ、絶対(と座る)」
秀次「(手を止め)せめて写真をって瓦礫の中を捜してくれた人が何人もいてね」
雪菜「はい」
秀次「でも、泥の中からは見つからなかった」
イッ子「でも――」
秀次「そうなんだ。知り合いや友だちが持っていてね。持って来てくれた(と押入れの中の蓋をしただけのスーツケースから小振りな厚紙の袋をとり出し)みんなに見て貰うのは少し怖いな」
イッ子「私も――」

雪菜「亜美もだよね」
亜美「うん（と小さく笑顔なくうなずく）」
秀次「そっくりだっていったけど、それは父親の
　願いみたいなもので、他の人が見たら――まし
　てやそっくりの本人が見たら」
亜美「――」
秀次「全然似てないじゃないっていわれそうだけ
　ど」
イッ子「見せて」
亜美「――」
秀次「６枚あるんだ」
イッ子「６枚も」
雪菜「すごい」
亜美「――」
秀次「（畳に座り、６枚の写真をとり出しなが
　ら）集合写真から、娘のアップをとり出してく
　れた人もいる。私がそうしたのもある。もちろ
　ん、元々礼子だけど――礼子っていうんだけど
　――」

イッ子「はい」
雪菜「（知っていて）はい」
秀次「礼子だけを撮ってくれてた写真もある（と
　写真を胸にあてるようにする）」
亜美「はい（心を決めてうなずく）」
秀次「私は長いこと、情けないが、家族が死んだ
　ことを受け入れられないでいた。目先の仕事に
　一生懸命になって、死んだことに、ちゃんと向
　き合えずにいた」
亜美「はい」
秀次「これではいけないと自分で病院へ入って一
　年近く薬とかね、いろいろから、なんとか抜け
　出した。もう死んだ人は死んだんだ、今更どう
　しようもない、分ったと、現実を、今の現実を
　受け入れた。土地からも離れた。仕事からも離
　れた。もう大丈夫だと思った。そんな時に、礼
　子が教室にとびこんで来た（と亜美を見る）」
亜美「（かぶりを振る）」
秀次「もちろん、礼子じゃない。だから、これは

見て貰うまでもない。私がどうかしているだけのことだ（と写真を伏せたまま畳にひろげる）」
イッ子「（その一枚をあけて見る）」
雪菜「（別の一枚をあけて見る）」
秀次「（目を伏せて動かない）」
亜美「（思い切って一枚をとり見る）」
イッ子「（黙って別の一枚）」
雪菜「（黙ってもう一枚）」
亜美「（黙ってもう一枚）」
イッ子「（黙ってもう一枚見て）亜美だよ」
雪菜「（別の一枚を見て）まるで亜美」
亜美「（別の一枚を見る）」
秀次「（動かない）」
亜美「（別の一枚を見る）」
イッ子「（別の一枚を見て）こんなの、あり？」
雪菜「亜美だよ、これ」

●6枚の礼子の写真

それぞれ別のシチュエーションで撮ったもの。すべて亜美としか思えない礼子。
一枚一枚見せて行く——。
イッ子の声「まるで、そっくり」
雪菜の声「亜美としか思えない」
イッ子の声「こんなことってあり」
雪菜の声「ありだよ、ありだよ」

●秀次の部屋

亜美「（両手で顔をおおってしまう）」
イッ子「亜美」
雪菜「亜美」
秀次「——（亜美を見ている）」
亜美「よかった（と小さくいう）」
イッ子「よかった？」
雪菜「よかった？」
秀次「——」
亜美「（両手をおろし）私は、そっくりだなんて思えない」
秀次「ああ」

亜美「自分じゃないもん」
秀次「ああ」
イッ子「うん」
雪菜「うん」
亜美「でも、とっても似ていて、よかった。木崎さんが病気じゃなくてよかった。これなんか（と一枚をとり）これなんか、私だって私かなって間違えそうだった。よかった。木崎さんが病気じゃなくてよかった（と泣けて来て）」
秀次「ありがとう」
雪菜「怖いよね」
イッ子「怖い？」
雪菜「こんなに似てる人がいるなんて」
亜美「（泣いてしまう）」

●町工場のある街（昼）

商店街のはずれに一軒だけあるような小工場。
満が作業着で汚れた軍手をとりながら入口から奥へ大声で、

満「三時四十五分には必ず戻るって。林さんが来るのは四時だからオッケーよ。オレだってね社長（と声大きく戸口の中に）こんな時間困るけど、図面届いたら尚暇ないッしょう。この年になれば、社長じゃなくたって俺だって、たまには頼って来るもんもいるのよ。あー、こんな話大声でいわせないでよ、補聴器ケチらないでいいの買ってよ社長（と脱いだ軍手を入口脇に置く）」

●商店街への道

スーパー帰りのおばさん「あーら、作業着カッコいい（とすれちがいに満にいう）」
満「ありがとう。忙しくて、ついマンマ。マンマ（と明るく笑う）」

●喫茶店・店内

満「（入って来て、他に客はないのですぐ雪菜とイッ子に）あ、友だちね、亜美の（と握手の手をさし出す)」
雪菜「はい(と握手)」
満「(握手して)イッ子さん?」
イッ子「それは、こっち」
満「そうか(とイッ子に握手し)コーヒーお湯割
ね(と店の人にいう)」
店のオーナー「はーい(と分っている)」
満「濃いのはダメなんだ(と座りながら笑う)」
雪菜とイッ子、握手したまま立っている。

●喫茶店(時間経過)

すでに三人のコーヒーは空。
しんとしている。
満「うーん——そうか」
雪菜「(話終えたところで)はい」
イッ子「——はい(とうなずく)」
満「写真の子は、そんなにうちの亜美と似ていた
んだ」
雪菜「はい」
イッ子「はい」
満「いくら似てるっていったって、それほどとは
思わなかった」
雪菜「はい」
イッ子「はい」
満「これなら、目の前に現われたら、死んだ子が
生きかえったような気がするのも無理はない
か」
雪菜「はい」
イッ子「はい」
満「その木崎さんが、どっかおかしかったわけじ
ゃなかった」
雪菜「はい」
満「そっくりすぎたんだ」
イッ子「はい」
満「ほっとして、うちの亜美は泣いた」
雪菜「はい」
満「木崎さんは、おかしくなかった、と」
イッ子「はい」

満「しかし、考えると、いくらそっくりだって、うちの亜美と死んだ子を間違えて名前を呼んだりするのは、やっぱりおかしいだろうとあんたらは思った？」
イッ子「はい」
雪菜「はい」
満「でも亜美は、盛り上ってもっと親切にしたいようなことをいってる」
雪菜「これって」
満「うん？」
雪菜「分んないけど――」
満「うん？」
雪菜「ちょっと、レンアイというか――」
イッ子「はい」
満「レンアイか――」
雪菜「分んないけど、なんか怖くて、いいのかなあって――」
イッ子「はい」
雪菜「大丈夫かなあって」
満「それ心配して来てくれたんだ？」
イッ子「はい」
雪菜「はい」
満「いい友だちだなあ」
雪菜「ううん」
満「十四歳と五十いくつじゃ、その心配はないと思うけど結構大人の心配をしてくれたんだ」
雪菜「さあ」
満「ありがとう」
イッ子「いえ」
満「もう大きいんだなあ、中学生は」
雪菜「（かぶりを振る）」
満「それにさ、それに、亜美の親父の私に相談してくれたのが嬉しいよ。オレなんか、大抵、家へ帰るといないようなもんで、小さく小さく小さくなあれ、小さくなって蟻さんになあれだもんなあ。ハハハハ」

●『ここだけのパン屋』表（昼）

水曜の定休日。そのプレート。

●店内

棚はガラガラ。そこへ松永満と晶恵が来て椅子に掛け、弘志が応対する位置で丸椅子に腰掛けている。

満「（例の６枚の写真を晶恵より先に見て、次々晶恵に渡して行きながら）たしかに、うちの亜美とよく似ています」

晶恵「（その一枚を見て）そうね（しかし、似ているだけと思っている）」

満「（一枚を晶恵に渡しながら）これなんか間違えそうだ」

晶恵「（見て）親が間違えてどうするの？」

満「いや、人間の目なんていい加減なもんでね、戦争中のアメリカ兵はね」

弘志「はい」

満「日本兵がみんな同じ顔に見えたって」

弘志「ああ、軍服着ちゃうとねえ」

晶恵「そんな話をしに来たんじゃないでしょう」

満「そうだけど、こちら（弘志）は御本人じゃないんだから」

晶恵「御本人に会うのがつらいから、御雇い主の御主人を通したいとお願いしたんでしょう」

満「少し空気をやわらげたいと思ったの」

晶恵「余計なことを——。どっかあんたは上（うわ）の空なの。娘のことを本気で心配してないの」

満「してるから、ここに来てるんだろう」

晶恵「だったら、本気になってよ」

弘志「いや、本人はお目にかかるといったんですが、奥さんが——」

晶恵「津波で大変な思いをなさった方に、キツイことなんかいえないでしょう」

弘志「キツイことですか」

晶恵「いえ、ごく当り前のことです。うちの娘のリズム・ダンスをとてもほめて下さった。そりゃあ、ほめられれば嬉しいですよ。それが、亡くなった娘さんとそっくりだからと分って、よかった、と娘はほっとしたようです。心の病気とか、そういうんじゃなくてよかった、と」
弘志「はい」
晶恵「でも、それ、まったくおかしいでしょう」

●仕事場

秀次、ひとり声を聞いている。

●店内

晶恵「死んだ子と似ているから近づいたなんて、気持は分るけど、そんなに娘をバカにした話はありませんよ。子どもは人がいいから、それで少しまぎれるなら、もっと会ってもいいようなことをいってるようだけど、とんでもないですよ」
満「でもさあ」
晶恵「でもなに？」
満「人間そう理屈通りには行かないだろう」
晶恵「あんたはすぐそういって、なんでも人の話を崩すけど、自分の娘が死んだよその娘さんの代りでいいの？」
満「そういうことがあっても仕方がないだろう」
晶恵「人のいい事をいって、すぐ諦める。いっつもそうやって生きてるの」
満「つっぱって生きたって、結局世の中そんなもんなんだよ」
晶恵「だから娘もそうなるのよ。人の代理だといわれても怒らないのよ」
弘志「えーと」
晶恵「夫婦喧嘩はやめます。ふだん我慢してるから止まらなくなって」
満「いつの我慢だよ」
弘志「まあま、まあま（と制する）」
晶恵「大体、私と主人との間の娘が、どうして福島の獣医さんのお嬢さんとそっくりなんですか。あり得ないでしょう」

満「あり得ないって現にかなり似てるじゃないか」
晶恵「だから、どうして似てるの。うちと福島の夫婦の子が、なぜそっくりなの？」
満「それは――」
晶恵「いえない話かなにかあるの？」
満「こっちが聞きたいよ」
晶恵「なんてことというの」
弘志「いや、人類はみんな目と鼻と口ぐらいでちがいを出そうとしてるんだから、どうしても偶然の一致ってもんがあるんでしょう」
晶恵「そういっちゃえばなんだってありだけど不思議は不思議ね」
満「不思議だよ。こういう不思議はきっと世界中にいくらでもあるんだ」
晶恵「またそういういい方、いつもそこで話が終っちゃう」
弘志「いや、お気持はよく分りました。本人にちゃんと申します」
晶恵「今度のことは大人が悪い」
満「いいだろう、もう」
晶恵「いくら似ている子がいたからって気持のままに声をかけるなんて」
満「いちどきに八人もの人が亡くなったんだ」
晶恵「でももう五年もたってるのよ。つらくても大抵の人はなんとか気持の始末をつけてる時でしょう」
秀次「（仕事場から現われる）奥さん」
晶恵「――（固(かた)まってしまう）」
弘志「おい、まずいよ」
秀次「すいません」
弘志「木崎さんです」
晶恵「来てないって、こちらが（と弘志を指す）」
秀次「そこで（と仕事場を指し）すいません」
晶恵「私、こういうの弱いから、なんにもいえなくなりそうだから、こちら（弘志）にお願いしたのに――」
弘志「なんなの（と秀次に向って嘆く）」

秀次「万事、私がいけません（と一礼）」
満「万事ってことはないけど」
晶恵「困る――（それ以上はいえない）」
秀次「五年もたって、まだジタバタしてる自分が
　はずかしい」
満「他にもいますよ。いくらだって」
秀次「お嬢さんには、申訳（もうしわ）けないことをしました」
晶恵「お気持は分っているつもりです」
秀次「以後、決してお嬢さんには近づきません。
　お許し下さい」
　満と晶恵、それ以上なにもいえない。
弘志「それは、それがいいだろうな」

●松永家・晋也の部屋（夜）

　晋也がシットアップベンチを使ってトレーニ
ングしている。ドアの外で亜美が「お兄ちゃ
ん」という。あけようとして鍵がかかってい
るので、「お兄ちゃん」とドアを叩き、その
ままドンドン叩く。

晋也「（ドアをあけ）なんだよ、うるせえ」
亜美「鍵なんかかけないでよ」
晋也「集中してんだよ（とベンチに戻ろうとす
　る）」
亜美「ほんとにそれ、やってた？」
晋也「やってたさ（とベンチに戻る）」
亜美「鍵かけてやる？」
晋也「やるさ、みんな」
亜美「嫌らしい」
晋也「どこがだよ？（とトレーニング）」
亜美「そればっかり」
晋也「ばっかりじゃないだろ。ダンベルだってや
　ってるよ。こういうもんはな、いっつも全体の
　フォームのスケジュールを考えてやってるん
　だ」
亜美「たまには、妹のことも考えてよ」
晋也「お前だって俺のことは、バカみたい、バー
　カみたいっていうだけだろ」
亜美「もういわない」

晋也「信じられるか（と苦笑）」
亜美「ママとパパが、あの人のところへ行ったの。あの人って分る？」
晋也「お前のことを一番だとかいったアブネエ奴だろ」
亜美「もう絶対私とは会わないってママとパパに誓ったって」
晋也「いいじゃねえか。五十以上の男なんかそれでいいよ」
亜美「どういう人か知ってるの？」
晋也「津波でやられたんだろ」
亜美「奥さんも、子ども二人も、お父さんお母さんも、親戚だけでも八人で、それ以上に友だちも近所の人も牛だっていっぱい死んだんだよ」
晋也「牛ってなんだよ」
亜美「獣医さんだもの」
晋也「知らねえよ、そんなこと」
亜美「気の毒とか思わない？」
晋也「俺にはどうしようもないだろ」
亜美「イッ子と雪菜って、友だちがいるの」
晋也「知ってるよ」
亜美「二人で木崎さんのところへ行ってくれたけど、パパとママに固く約束したから、私とは決して会わないって」
晋也「それでいいだろ」
亜美「私はお兄ちゃんに頼みたい」
晋也「自分で行けばいいだろ。パン屋にいるんだろ」
亜美「困らせたくないの。断られたくもないの」
晋也「じゃあ、諦めろ」
亜美「いい？」
晋也「なにが？」
亜美「パパとママは、私の心配をしてくれてるようで、本当はなにかあったら親のせいになるから会わせたくないだけ」
晋也「親なんてそんなもんだよ（と筋トレ）」
亜美「お兄ちゃんもそう？　私になにかあっても、自分のことじゃなければ関係ない？」

晋也「そんなこと聞くな（と筋トレ）」
亜美「どうして？」
晋也「そういう時になってみなきゃ分んねえよ」
亜美「いまがそういう時よ」
晋也「（筋トレをしている）」
亜美「私、この家、淋しくて仕様がない」
晋也「（筋トレをしている）」
亜美「淋しくて仕様がないッ」
晋也「小学生か？」
亜美「木崎さんはね、私を見て五年前に死んだ自分の子かと思ったんだよ」
晋也「怖いだろ」
亜美「怖いけど凄い」
晋也「なにが？」
亜美「そんな風に死んだ子を思うなんて凄い」
晋也「そりゃあ死んだからだ。生きてればそんなに思うもんか」
亜美「お兄ちゃんは、そうだね。私が死んでも二日で忘れるよね、そう思ってたよ（と出て行き、バタンとドアを閉める）」
晋也「――」

●『ここだけのパン屋』の前（午後）

晋也「（少しはなれたところで気持を作ってスタンバイをして、店の前にさしかかる。さり気なく店の中を見る）」

店内に女性客二人ほどと、レジの秀次と棚のパンを整えている弘志が見える。

晋也、そのまま歩いて行く。

●『ここだけのパン屋』の前（夕方）

弘志が、自転車を押して、少し急ぎ気味に道へ。それをドアをあけて見送る秀次。
弘志「あ、じゃあ、戸締まり頼むよ」
秀次「います。いますから――」
弘志「ああ（と自転車で急ぐ）」
晋也「（ややはずれた路地からその弘志を見送る）」
通りはもうほとんど夜の町。

●『ここだけのパン屋』店内

秀次、ひとり。たとえばモップで床を掃除しようとスタンバイ。

晋也「(入って来る)」
秀次「いらっしゃいませ」
晋也「オレ、松永亜美の兄っていうか、兄です」
秀次「はい(すぐには納得できない)」
晋也「兄です」
秀次「そう」
晋也「妹とは似てないけど」
秀次「(見て)似てるよ」
晋也「そうですか」
秀次「兄妹(きょうだい)ならどっか似てるはずだ」
晋也「(見つめられて)亜美の兄です」
秀次「ちがうといったか? フフ」
晋也「死んだ人にも――」
秀次「うん?」
晋也「死んだ娘さんにも、兄さんがいたそうですね」
秀次「いたよ」
晋也「オレと似てますか?」
秀次「(ちゃんと見られず)少しね、どっかね」
晋也「どこですか?」
秀次「フフ、ためさないでくれ。分ってるんだ。妹さんには、すまないことをした。あまりに娘とよく似ていたんでね。声をかけずにはいられなかった。もう決して会わない。心配しないでくれ」
晋也「パン、あんまり残ってないんですね」
秀次「ああ、この通りは少し駅から離れてるんでね。夜は駄目なんだ」
晋也「でも、いいんですよね」
秀次「いい?」
晋也「パンがいいっていうか」
秀次「ああ、うまい。うまいんで、ちょっと遠くから来る人が何人もいるよ」
晋也「一個食いたいな」

秀次「ああ、いいよ。どうせ売れ残りだ」
晋也「(丁寧(ていねい)にパンを見て動く)」
秀次「あ、まだ少し早いか(と腕時計を見てひとり言(ごと)めいて苦笑)」
晋也「(一個選び)これ、買います」
秀次「いいんだ、おごるよ」
晋也「(うなずき)では(と食べはじめる)」
秀次「高校生?」
晋也「はい」
秀次「うちの息子も三年になるところだった」
晋也「仲、よかったんでしょう」
秀次「いや、あんまり口をきかなくなっててね、あの三月の津波の、ほんの一週間前に大喧嘩をした」
晋也「うちなんか、喧嘩もしないスよ」
秀次「知らないな、高校生を――」
晋也「オレなんか、サンプルにならないッすよ」
秀次「なにしてる? スポーツなんか」
晋也「筋トレ――」
秀次「キントレ?」
晋也「筋肉トレーニング(と仕草)」
秀次「ああ、きたえてるんだ」
晋也「はい」
秀次「それで?」
晋也「それでって?」
秀次「きたえて、ラグビーやるとか、サッカーやるとかバスケとか」
晋也「そういうことは、ないス」
秀次「ないの」
晋也「はい」
秀次「筋トレだけ?」
晋也「だけっていうか、人間うまれて来て、そのまんま身体(からだ)のケアをしないで大人になってはすまないというか」
秀次「親にすまない?」
晋也「いえ、どうしてか生まれて来てしまった身体にすまないというか、ほっておいていいのかって――」

秀次「へえ」
晋也「鍛えれば筋肉はもっと進化するし、美しくもなるし、それに関心がないなんて、身体にすまないだろうって」
秀次「思ってる？」
晋也「はい」
秀次「そんなの、はじめて聞いたよ」
晋也「そうスか」
秀次「その割に、見た目、モリモリでもないようだけど――」
晋也「筋肉は若いとつきにくいんです。中学からついて来る奴もいるけど、個人差があって、オレは、まだ見て貰うほどにはなりません」
秀次「努力してる？」
晋也「してます」
秀次「エライというべきだろうね」
晋也「無理ならいいです」
秀次「いや、若い人はいいな。きたえなきゃ身体にすまないか」
晋也「亡くなった息子さんは筋トレしてましたか？」
秀次「してない。してないと思うよ」
晋也「オレと少し似てても別人です」
秀次「勿論だ」
晋也「うちの亜美も、亡くなった娘さんとは別人です」
秀次「そりゃあそうだ」
晋也「その亜美と……本当の亜美と、ちゃんと一回会ってやって下さい」
秀次「御両親と約束したんだ」
晋也「それがなんですか」
秀次「無視はできないよ」
晋也「かくれて会えばいいですよ」
秀次「この齢で約束をして、そうもいかない」
晋也「妹は、もう一度だけ会いたいといっています（とドアへ）」
秀次「――」
晋也「御馳走さまでした（と出て行ってしまう）」

●大きな公園（午後）

●小さな甘味の店

　秀次がイッ子と雪菜と向き合っている。
　甘味の品がすでに出ている。

イッ子「どっか行く？」
雪菜「そうなの？」
秀次「福島へね」
イッ子「福島」
雪菜「故郷（ふるさと）」
イッ子「どうして？」
秀次「パン屋の奥さんが退院して来るんだ」
雪菜「バイトがなくなる」
秀次「そう」
イッ子「亜美と会えないからかと思った」
雪菜「私も、ほんとは」
秀次「本当はそうだけど、それをいっちゃあいけないだろう」
イッ子「亜美にはいっておきます」
雪菜「いっときます」
秀次「君たちと会えなくなるのも寂しいよ」
イッ子「それはいいです」
雪菜「いいです」
イッ子「いなくなるの、格好いい」
雪菜「お金あるんですよね」
秀次「（苦笑して）まだ少しね」
雪菜「どのくらい？」
イッ子「聞くなよ」
秀次「フフ、三人、家族がいたからね。それなりの貯金もしていた」
雪菜「と思った」
イッ子「そんなこと、よく思う」
秀次「家族、急にいなくなったから、少しずつ使って生きて来た」
イッ子「病気しても、バイトだけで」
秀次「そうなんだ。恵まれてるんだ。もっと辛い目に遭っている人がいくらでもいるのにね」

イッ子「獣医さんですよね」
秀次「うん」
雪菜「福島へ帰るのいいですよ、きっと」
秀次「ああ、五年もたつのに、娘がどうの、妻がいない、息子がいないいないなんて、おじさんは、被災した人たちのビリッケツだよ」
イッ子「ううん」
秀次「ビリッケツって分る？」
雪菜「分る」
イッ子「分る」
秀次「二人に会えてよかった。掃除してくれて嬉しかった。二人とも、しっかり目に焼きつけておくよ」
イッ子「携帯持ってないんですよね」
秀次「ああ、入院した時、とりあげられてね」
イッ子「持って下さい。雪菜、亜美の番号」
雪菜「うん、書いてある（と自分のカバンからとり出しにかかる）」
イッ子「携帯があれば、亜美と会えなくたっていっぱい話せるし、福島からだって話せるし」
雪菜「はい。これ、亜美の番号（と花のイラストのあるノートの一枚をさし出す）」
秀次「でも、これって、会うのと同じじゃないかなあ」
イッ子「どうして、いけない？」
雪菜「分んない」

●『ここだけのパン屋』表（夕方）

タクシーが停る。店から出て来る秀次。
秀次「（中をのぞいて）お帰りなさい」
弘志「（ドアがあいて）ああ、薬局回って、手間くってね（とデパートの紙袋と大きめのビニールバッグを持って出ようとする）」
秀次「（その荷物を引き受けて）奥さん、おめでとうございます」
春奈「（よくまだ見えないまま）ありがとう」
弘志「あ（とその春奈に）お釣り貰って、お釣り（といって、秀次を押すようにして）花宮さん、来てくれてるんだろ（と中へ）」

●店内

秀次「はい、少し待ってくれて」
京子「（椅子から立っていて）おめでとうございます」
弘志「あ、三時には帰れると思ったけど、あ、それ（と秀次に渡したバッグと紙袋をとろうとする）」
秀次「私が――」
弘志「いいんだ、いいんだ（と、とってしまい入口を見て）あ、女房、フフ」
春奈「（入って来て）ああ、やっと――フフ」
京子「おめでとう」
春奈「奥さん」
弘志「老人ホームの奥さんのお姉さん」
春奈「知ってるわよ」
弘志「忘れるだろ、このごろ」
京子「顔色いいじゃない」
春奈「はい。急性の膵炎はわりと治りが早いとかって」
京子「よかったわ」
弘志「さあ、蒲団敷いてあるから」
春奈「（秀次に）木崎さんね」
秀次「おめでとうございます」
春奈「この人（弘志）がいってるのと随分ちがう」
京子「どういってたの？」
弘志「いうなよ、そんなこと」
秀次「いって下さい」
春奈「ありがとう。厄介かけてるんじゃないか、と」
弘志「退院で疲れたら、なんにもならないだろ」
春奈「フフ、うちのがあんなこといってますから」
京子「ええ、どうぞ」
秀次「どうぞ、休んで下さい」
春奈「ありがとう、ありがとう（と奥へ）」
弘志「俺だって疲れてんだから（と続く）」
京子「（それを見送って）分る？」

秀次「なにをですか?」
京子「あなた今日でここ終りなんでしょ?」
秀次「はい」
京子「変じゃない。明日からすぐ奥さん働ける?」
秀次「そこの酒屋の娘さんが手伝いたいって
――」
京子「只じゃないでしょう」
秀次「そりゃあたぶん」
京子「分らない?」
秀次「なにをです?」
京子「奥さんをあなたに会わせたくないのよ」
秀次「どうして?」
京子「いい男だからよ」
秀次「まさか」
京子「それはダメ、先生ダメ」
秀次「なにがです?」
京子「男女のそういう感度が鈍くなっちゃ駄目」
秀次「鈍くなってるかなあ」
弘志「(奥から急ぎ出て来て)いやいや、木崎さん(と握手を求め)今日までありがとう(京子に)木崎さんをお連れ下さって、本当に助かりました(と握手し)フフ、横になってます。本来なら一席もうけるところですが――」
京子「退院の日になにいってるの」
弘志「御心配なく。もう本当に御心配なくね(と秀次にもう一度握手求め)ありがとう。ありがとう。ハハハ」

●夜の道

京子のホームの方向へ秀次と京子が歩く。

京子「先生」
秀次「はい」
京子「私さっき変なこといっちゃったけど」
秀次「いえ――」
京子「私とどうとかなれなんていってんじゃないのよ」
秀次「わがってます」
京子「わがってんのかい(と軽く苦笑)」

秀次「すいません」
京子「他のこと」
秀次「はい」
京子「福島で、牛のことでは本当に御苦労なさって、いろんな思いをなさって、もしかすっと、まだ立ち直れていないのかもしんないけど」
秀次「さあ」
京子「福島へ帰ろうっていうの、嬉しい」
秀次「私も（と微笑）」
京子「帰って、どうなさる？」
秀次「パンのバイトを探します」
京子「流されたあたり、どうなってるんだろう」
秀次「さあ」
京子「大丈夫？」
秀次「もうね、いぐらなんでも、忘れねえとね」
京子「そんなことはないけど――」
秀次「忘れねえと生きて行けねえ」
京子「そんなことはない」
秀次「忘れたぐねえ」
京子「そうよ」
秀次「忘れらんない」
京子「そうね」
秀次「忘れねえと生きて行けねえ」
京子「ううん」
秀次「食パンにメロンパン、ブリオッシュにクロワッサン、バゲット、バタール、フルートにロールパンにカレーパンに餡パンに、レーズンパンにスィートロール（こみ上げるものが湧いて涙の目で）泣くのおがしいね」
京子「ううん、泣いて。思い切り泣いて。思い切って泣いてから福島さ帰って」
秀次「（思い切り泣く。慟哭(どうこく)）」
京子「（座り込む秀次を抱きしめる）」

●バスが走る（午後）

●バスの中

まばらな客の中に秀次がいる。

秀次の声「亜美さん。昔、日本人は会えない時は手紙を書きました。いま、おじさんは、そうしています」

●松永家・洗面所

鏡の中で髪に櫛を入れている亜美。

秀次の声「次の土曜日の午後三時、お宅の近くの、あの歩道橋の下まで来てくれませんか。登らなくていいんです」

●バス停

秀次の乗ったバスが停っていてドアがあき、秀次がおりて来る。

秀次の声「道路のこっち側から一目会いたい。手を振りたい。約束違反だけど、そのくらいは破らせて貰います」

●松永家のフロアの廊下

亜美、家を出て、階下へ。

秀次の声「会わずに福島へは行けない」

●歩道橋への道

秀次の声「振り返ると亜美さんは、はじめて見た時から、亜美さんだった。亜美さんとしてすばらしかった。娘の代りなんかじゃなかった」

秀次が歩く。

●歩道橋への道

亜美が急ぐ。

秀次の声「ただ、娘が引き合せてくれたと思っています。そして娘の生きられなかった人生をいま亜美さんが生きてくれていると勝手ながら思っています」

●歩道橋・秀次側

秀次、来て対岸を見る。亜美がいない。

秀次の声「死んだ人はそれで終りじゃないと思ってます」

視野に亜美がとびこんで来る。
秀次、手を振る。亜美も手を振る。
秀次「ありがとう」
以下カットバックで――
亜美「（聞こえず）え?・」
車が通るので見つめ合っている。
間あって――
秀次「（聞こえるように）どうもありがとう」

●歩道橋・亜美側

亜美「こんなの嫌。行きます。そっち行きます
（と、叫んで階段へ）」

●歩道橋

階段を上り、下へ。すると、もう秀次、いない。少しさがしてもいない。
亜美「格好つけるなよ（と尚さがしてしまう）」

●別の通り

亜美、来て立止り。誰もいない道で立ちつくしてしまう。

●福島の牛舎

秋になっている。牧舎に入るための長靴を履く秀次。

クレジット・タイトルが流れはじめる。

その中で牧舎に向う秀次。一緒に歩く牧舎の主人。牛たち。乳牛である。

秀次、診察のためのビニールの手袋をつける。

そして、一頭の乳牛に近づき、体調をみながら腰回りへ。手を入れて触診し、胎児の具合を「ああ、大丈夫だ。いい子が出て来る」と笑顔。

作者の言葉③

津波から五年目の心の世界

老齢になると友人知人で亡くなる人が多くなり、それに私のボケが手をかすものだから雑踏で「あ、彼」と見かけた男を追いかけそうになり「死んでたよ」と気がつくことが何度か（まったく何度もだ）あった。きっと、自覚はあまりないが人恋しかったんだと思う。今も。

だったらその淋しさを拡大して津波から五年目の東北に投影したらどうか（東北の現在というのはプロデューサーの近藤晋さんとテレビ朝日の提案だった）それを受けとめる男は渡辺謙さんでやりたいと、これは私の願いだった。はじめはどのドラマもそんなものだが、たとえば何故だか分らないがサハリンの寒い街に謙さんがいて、死んだ家族と必ずしもハートウォーミングではない再会をするなどという空想をしたりした。

それから福島に出掛けた。牛の運命もしっかり聞かせていただいた。原発の現実も。しかし、事実に即してそれを逸脱しない世界の再現は、時にあり得るとしてもドラマの第一の役割ではない。ドキュメンタリィでは描けない心の世界こそが私の相手だろう。

気がつくと舞台は東北をはなれ、家族だけでも何人も失ったのに、その中の一人の少女にだけ、心をとらえられている不公平な世界を生きていて、娘とそっくりだということを疑ってもいないのである。この強引で切実な世界こそ「本当」だといくらか本気で思っている。

雑踏で「あ、彼」と死者を見てしまう「ボケ」の恵みだろうか。

解題あるいは編集後記

刈谷政則

ここに、山田ファンを自認する角田光代さんと山田太一さんとの、とても興味深い対談がありま す。掲載されたのは「婦人公論」二〇〇七年十二月七日号。山田さんが連続ドラマを書かなくなってずいぶん経った頃の対談です。ほんの一部をご紹介します。

＊

角田　山田さんが一貫してお書きになっている作品の根底にあるものは、昔も今も変わらないと思っています。ただ、どんどんテレビドラマの流行が、山田さんがお書きになるものと離れていく気がします。視聴率なども含めて、書くうえで軋轢(あつれき)みたいなものはありますか？

山田　確かに一九八〇年代頃から、テレビはこのままで行くと商売ばかりになるぞ、という気がしてきました。それで小説を書き始め、お誘いがあって、芝居も書くようになったわけです。九〇年代に入ると、いよいよ視聴率がうるさくなり、いわゆる有名タレントを出すことが優先されるようになった。でも失恋ひとつとっても、「翌日には新しいカレシが見つかりそうなタイプ」の女の子が悲しげな顔をしていても、あまり可哀想じゃないですよね。

角田　アハハ、そうですよねぇ。

山田　決心して連続ドラマを書くのをやめることにしたんです。二時間ドラマなどの単発もので、僕が書きたいものをやらせてくれる人とだけ、やっていこう、と。

角田　キャスティングに関しては、意見を出されますか？

山田　基本的にオリジナルしかやらないので、どういう人物が必要なのか、僕自身がいちばんプランを持っているわけです。ですから書き始める前に俳優さんを決めて、その人に合わせて台詞を書く、いわゆる〝当て書き〟をしています。この俳優さんだったら、ここは黙ったままのほうがいいとか、俳優さんによって台詞が違ってきますから。

＊

この対談の時点で、山田さんの最後の連続ドラマは、一九九七年の「ふぞろいの林檎たちⅣ」。そして、十年以上の空白を経て書かれた「ありふれた奇跡」（フジテレビ　二〇〇九年一月～三月・全11回）が最後の連続ドラマということになります。「連続ドラマを書くのをやめる」という発言には、山田さんの強い決意があった。その証拠に晩年の山田作品はすべて単発ものです。

以下、列記してみます。

「遠まわりの雨」（日本テレビ　2010・3/27）
「キルトの家」（全二回　ＮＨＫ　2012・1/28, 2/4）
「よその歌　わたしの唄」（テレビ朝日　2013・7/19）
「時は立ちどまらない」（テレビ朝日　2014・2/22）
「おやじの背中」第七話「よろしくな。息子」（ＴＢＳ　2014・8/24）
＊このシリーズは、倉本聰など十人の作家による一話完結のオムニバスドラマの一篇。
「ナイフの行方」（全二回　ＮＨＫ　2014・12/22, 23）
「五年目のひとり」（テレビ朝日　2016・11/19）

というわけで、本書収録の「五年目のひとり」が山田さんの生涯最後のドラマ作品になってしまいました。

本書は二〇一一年三月十一日に発生したあの東日本大震災を題材にした作品を収録したシナリオ集です（私は個人的にこの三作を〈東日本大震災三部作〉と呼んでいるのですが）。いずれも山田さんの傑作で、改めてシナリオを読んで胸に込み上げるものがありました。もちろん、放送時に観た作品ですが、今活字で読んでもその感動は勝るとも劣るものではありません。

本書の底本に使った月刊誌「ドラマ」（映人社）

には、〈作者の言葉〉というコラムが掲載されていて、山田さんのエッセイを読むことができます（本書では各篇の巻末に収録）。
三作の「ドラマ」掲載号は以下の通りです。
「キルトの家」（二〇一二年四月号）
「時は立ちどまらない」（二〇一四年四月号）
「五年目のひとり」（二〇一七年一月号）

次に、シナリオを読む楽しみについて、山田さんが書いた心に残る文章をご紹介します。

本書と同じ大和書房から初めて刊行されたシナリオ集『想い出づくり』という名作の「あとがき」（1982・8）です。（ちなみに、ドラマの番組名の末尾には「想い出づくり。」と句点が入っていますが書籍化する際にはカットさせていただいたのでした）

＊

《夜、寒い部屋で、急に孤独がもくもくと湧き上って来て、救いを求めるようにテレビをつけてガチャガチャやってもつまらないのばかりで、タレントがワハハなんて陽気にやっているのもしらじらしく、ドラマは殺人事件や綺麗な女の恋の悩みかなんかで、といって若い娘が九時すぎに外をほっつき歩くわけにもいかないし、友だちに電話すると、どこまで本当か分らないのろけかなんか聞かされそうだし『あーッ』と寒くもないのに声がふるえて気持のやり場がなく、二時をすぎても眠れず三時をすぎても眠れず、しかし翌朝は七時に起き、八時半には工場の機械の騒音の中で働いている。寮にいた方がよかったかな、と思う。「一人でアパート暮しっていうのは夢だったんだけど」

昼休みに、係長とテレビドラマのライターとかいうのが近づいて来て、いろいろ話を聞きたいなんていう。「六本木や原宿あたりなんかは行かないの？」なんていう。そりゃあこれでも東京へ出て来て住んでるのだから、何度か行ったことはあるけど、あそこらで生き生きできるなんて事はなくて、見物って感じで、それにもうオバンだし――。

「オバンていくつ?」

「二十三」

「二十三でオバン?」

でも、周りがそういう風に見るのよねえ。「そろそろねえ」「お相手は?」「頑張らなくちゃ」「まだなの?」って牛を柵の中へでも追い込むみたいに、結婚の中へどんどん追い込まれて行くような気持するのよねえ。モチロン結婚が嫌っているわけじゃないんだけど、早くしなきゃどっか欠陥があるみたいに見られるなんて、やっぱりちょっと頭へ来るし、といって結婚以外にさき行きになんか希望があるってわけでもないし――。

というような若い女性三人の物語を書きたいと思ったのが一九八〇年の春で、一九八一年の十月二十六日にこのドラマに関係した大半の人々が、赤坂のパブレストラン「マンハッタン」に集って「打上げパーティ」なるものをした。その日で全部が終ったのだった。

のぶ代と久美子と香織が、ドラマの中でのように酔っぱらって、三人で歌をうたったりした。それをちょっと立入れないような顔で見ている典夫も、まだ半分ドラマから抜けきれていないような雰囲気だった。その典夫は柴田恭兵。のぶ代は森昌子、久美子は古手川祐子、香織は田中裕子。

出来たらこのシナリオは、そうした人々を思い浮べて読んでいただきたいと思う。みんな素晴しかった。

「新宿。日曜日の雑踏」というシーンから、このシナリオははじまる。日曜日の新宿の雑踏を、あなたはどのような画面で思い浮べるだろうか?「歩行者天国」の道路いっぱいに溢れた人々。家族連れ。恋人同士。女ばかりの三、四人。それをチラチラ見ている男ばかりの三、四人。ソフトクリームを食べる娘。あくびをする中年のパパ。そこへ典夫の声が流れる。「ね、ちょっと、旅行なんかよく行く方?」

その典夫のいい方だって、読む人によって随分いろいろではないかと思う。
　シナリオの楽しさは、自分で画面を思い描き、台詞の調子も「これは、つぶやくように」とか「ここはシナリオには書いていないけど、涙を浮べながら」とか、いわば「演出しながら」読む楽しさだと思う。一口に「アパート」といっても、読む人によって実にさまざまなアパートがイメージされるだろう。
　シナリオを日本では台本ともいう。うまいことをいったものだ。台は土台の台である。いかにも、シナリオは台本だと思う。どうか、このシナリオを土台にして、想像力の翼を思いきりはばたかせて、あなたの「想い出づくり」を読みながら創っていただければ、と思う。》
　さらにこのあとがある。単行本『想い出づくり』が出て五年後に「山田太一作品集（全19巻）」に再収録された際に書き足された一文はこう続きます。

《心配だったのである。大和書房からのはじめてのシナリオの本であった。

　シナリオは馴れないと読みにくい。そう思っていた。果して読んで貰えるだろうか、と不安であった。

　結果は、思いがけないほど沢山の方々にお読みいただき、おかげで他の作品も次々と本にして貰うことになった。そして更に、このように作品集という形にもさせていただいている。》

＊

　なにしろテレビドラマの「シナリオ集」という形式の書籍はあまり先例がなく、果たして買ってもらえるのか、という不安がありました。出版社にも、もちろん山田さんにも。この「あとがき」を読むと、そんな不安を抱えてのスタートだったことを懐かしく思い出します。

　幸いなことに、テレビドラマのシナリオ集は、想像以上の読者を獲得できたのでした。その頃はまだ録画機器が一般にまでは普及しておらず、どんなに感動しても二度と観ることができないものだ、という現実があったからかもしれませんが。

　この頃のシナリオ本ブームは、この山田さんの本をはじめ、『向田邦子TV作品集』（全10巻／大和書房）、倉本聰さんの『北の国から』（理論社）の成功によるところが大きかった、と今にして思います。ちなみに「想い出づくり。」（TBS）と「北の国から」（フジテレビ）は、全く同時間帯の放送でしたから、どちらか一番組しか観られなかったのでした。これも当時のテレビドラマの隆盛ぶりを象徴する事実かもしれません。

　この前後の時期に出版されたシナリオ集（私たちはこれに〈シナリオ文学〉というキャッチコピーをつけたのですが）という形態の刊行物の中から山田作品のリストをご紹介します（年度は出版年）。

＊

男たちの旅路（1977　日本放送出版協会）
幸福駅周辺・上野駅周辺（1978　ドラマ館）
あめりか物語（1979　日本放送出版協会）
獅子の時代　全五巻（1980　教育史料出版会）
想い出づくり（1982　大和書房）
季節が変わる日（1982　大和書房）
それぞれの秋（1982　大和書房）
早春スケッチブック（1983　大和書房）
ふぞろいの林檎たち（1983　大和書房）
夕暮れて（1983　大和書房）
緑の夢を見ませんか？（1983　大和書房）
輝きたいの（1984　大和書房）
真夜中の匂い（1984　大和書房）
日本の面影（1984　日本放送協会）
ふぞろいの林檎たちⅡ（1985　大和書房）
大人になるまでガマンする（1986　大和書房）
シャツの店（1986　大和書房）
山田太一作品集　全19巻（1985–89　大和書房）
①冬構え　②岸辺のアルバム　③男たちの旅路1
④男たちの旅路2　⑤午後の旅立ち　⑥沿線地図
⑦あめりか物語　⑧さくらの唄1　⑨さくらの唄2

⑩夏の故郷・上野駅周辺　⑪時にはいっしょに
⑫想い出づくり　⑬友だち・深夜にようこそ
⑭日本の面影　⑮早春スケッチブック
⑯ふぞろいの林檎たちⅠ　⑰ふぞろいの林檎たちⅡ
⑱今朝の秋・春までの祭　⑲夢に見た日々
夕陽をあびて（1989　日本放送出版協会）
ふぞろいの林檎たちⅢ（1991　マガジンハウス）
東京の秋　東芝日曜劇場名作集（1994　ラインブックス）
ふぞろいの林檎たちⅣ（1997　マガジンハウス）
本当と嘘とテキーラ（2011　小学館）
＊『読んでいない絵本』（短篇小説や戯曲を収めた作品集）に収録
ナイフの行方（2015　角川書店）
山田太一セレクション（2016-17　里山社）
早春スケッチブック／想い出づくり／男たちの旅路
ふぞろいの林檎たちⅤ／男たちの旅路〈オートバイ〉
山田太一未発表シナリオ集（2023　国書刊行会）

＊

このリストをご覧になればお分かりいただけると思うのですが、一九九〇年代から「シナリオ集」というジャンルは衰退していきます。その原因は録画機器の進歩や普及のほかにもいろいろあると思いますが、注目すべきは最後の未発表シナリオ集です。これは頭木弘樹（かしらぎひろき）さんという熱烈な山田ファンの作家が編集した〈映像化されなかった〉テレビドラマのシナリオを集めた作品集です。私はこの本を読んで茫然としたものです。完璧なシナリオが完成しているのに、なんらかの事情で映像化がかなわなかった「ふぞろいの林檎たち」のパートⅤ、そして、「男たちの旅路」の未発表回。映像を観る前に「読む」山田さんのシナリオは胸に迫るものでした。

頭木さんは、二〇一七年から〈山田太一全作品インタビュー〉を続けられていて、近い将来山田さんの肉声がつまった大冊を読むことができそうです。首を長くして完成を待ちたいではありませんか。

山田さんが亡くなるひと月ほど前に刊行された

このシナリオ集を読んで大きな刺激を受けたのがこの本を編集するきっかけになりました。

〈東日本大震災三部作〉と銘打ったこのシナリオ集には、「魂のはなし」がつまっています。

「キルトの家」で橋場（山﨑努）が言う「諸君、魂のはなしをしましょう」という印象的な台詞は、吉野弘の詩の引用です。山田さんのシナリオにはこういう宝石のような言葉がなにげなく潜んでいます。

——諸君
魂のはなしをしましょう
魂のはなしを！
なんという長い間
ぼくらは　魂のはなしをしなかったんだろう——

これはその詩の一節、全文は、『吉野弘詩集』（岩波文庫）で読むことができます。「burst——花ひらく」という詩です。

この一冊を、亡き山田さんの墓前に捧げます。数々の名作、ほんとうにありがとうございました。

山田太一 Yamada Taichi

1934年東京浅草生まれ。脚本家・作家。早稲田大学を卒業後、松竹大船撮影所入社。木下惠介監督に師事。1965年脚本家として独立し、テレビドラマの世界で数多くの名作を書く。1983年「ながらえば」「終りに見た街」などで第33回芸術選奨文部科学大臣賞、同年「日本の面影」で第2回向田邦子賞、1985年第33回菊池寛賞、1988年『異人たちとの夏』で第1回山本周五郎賞、1992年第34回毎日芸術賞、2014年『月日の残像』で第13回小林秀雄賞、同年朝日賞などを受賞。2023年11月29日永眠。

［**主な小説**］『終りに見た街』『飛ぶ夢をしばらく見ない』『異人たちとの夏』『遠くの声を捜して』『丘の上の向日葵』『君を見上げて』『冬の蜃気楼』『恋の姿勢で』『彌太郎さんの話』『空也上人がいた』『読んでいない絵本』（短篇小説／ショート・ショート／戯曲／テレビドラマのシナリオを収録した作品集）。
［**主なエッセイ集**］『路上のボールペン』『いつもの雑踏 いつもの場所で』『逃げていく街』『誰かへの手紙のように』『月日の残像』『夕暮れの時間に』『山田太一エッセイ・コレクション』（『S先生の言葉』『その時あの時の今』『昭和を生きて来た』）。
［**戯曲集**］『ラヴ』『砂の上のダンス』『二人の長い影・林の中のナポリ』など。
［**編著**］『寺山修司からの手紙』など。
［**アンソロジー（編）**］『生きるかなしみ』『不思議な世界』『浅草 土地の記憶』など。
［**インタビュー集（共編）**］『人は大切なことも忘れてしまうから——松竹大船撮影所物語』

＊テレビシナリオ集は本文「編集後記」を参照してください。

時は立ちどまらない
東日本大震災三部作

2024年3月20日　第1刷発行

著者　山田太一
発行者　佐藤 靖
発行所　大和書房
東京都文京区関口1-33-4
電話 03(3230)4511
装丁　水戸部功
企画編集　刈谷政則
校正　横坂裕子
本文印刷　信毎書籍印刷
カバー印刷　歩プロセス
製本　ナショナル製本

©2024, Atlas Co.Ltd.　Printed in Japan

ISBN978-4-479-54044-1
乱丁・落丁本はお取替えします
http://www.daiwashobo.co.jp